えにし屋春秋

光のしるべ

あさのあつこ

角川春樹事務所

光のしるべ　えにし屋春秋

装画　金子幸代
装幀　アルビレオ

一

浅草奥山《あさくさおくやま》は、今日もまた人であふれている。

いつもいつも人は川の流れのように連なって、途切れることがない。いつもいつも、だ。けれど、このところ人出が一段と増えた。増えたようだ、ではなく、本当に増えている。淀《よど》みなく流れていた水が徐々に嵩《かさ》を増して、気が付けば奔流になっていた。そんな感じだ。

増えた理由は察しが付く。

秋の終わり、奥山に籠細工《かございく》の小屋が立ったのだ。それは、十日も経《た》たない間に評判になり、人が押し寄せるようになった。

江戸の人たちは、見世物であれ、食べ物であれ、身に纏《まと》う物であれ、流行《はや》りや評判に乗り遅れるのをひどく嫌う。恐れてさえいるようだ。だから、ひとたび世間の取沙汰《とりざた》になれば誰《だれ》もかれもが押し寄せてくる。男も女も、大人も子どもも年寄りも、だ。

滑稽《こっけい》なようにも感じるけれど、江戸の勢いに圧倒される気もする。これだけの人が集まり、動き、うねる場所なんて江戸を除けば、日の本のどこにもないのではないか。もっとも、江戸より他の地なんて見たこともないけれど。

見たことがなくて結構だ。江戸を、浅草を知っているだけで十分だ。

浅草奥山。金龍山浅草寺《きんりゅうざんせんそうじ》の本堂奥は、今日もまた人であふれている。

傾きかけた晩秋の日差しは、たっぷりと赤みを帯びて、行き交う人の面《おもて》を染めていた。赤く染まりながら、人々はぞろぞろと歩き続ける。

道辺《みちのべ》に座って、さらにうつむいていれば、見えるのは人の足元と土埃《つちぼこり》ばかりだ。雪駄《せった》、草履《ぞうり》、草鞋《わらじ》、下駄《げた》、ほんのたまに素足が交ざる。どの足も土埃を巻き上げていく。それが、もろに顔にかかり、目に入る。

ここで物乞《ものご》いを始めたころは涙が止まらなくて、目の縁《ふち》が爛《ただ》れて、このまま盲《めし》いてしまうのではと怖かった。今は平気だ。いかにも哀れげにうなだれて、目を閉じていれば何とかなる。仕事の後、川の水で目や口、鼻の孔《あな》まで丁寧に濯《すす》げばすっきりする。ついでに顔や手足を洗えば、さらにすっきりする。

そういう諸々《もろもろ》を覚えていけば、生き延びるのが少しは楽になる。

「ちょいと、信太《しんた》」

隣に座っていた、おみきさんが尻《しり》をつねってくる。爪《つめ》の先で摘《つ》まみ、思いっきり捩《ね》じるのだ。

「ひっ」と声を上げるほど、痛い。きっと、血が滲《にじ》んでいるだろう。

「ぼうっとしてんじゃないよ。そんなんじゃ、お情けはもらえないだろ。見てごらんな」

おみきさんが、僅《わず》かに顎《あご》をしゃくった。信太は膝《ひざ》の前に置いた椀《わん》に目をやる。一文銭が三枚、底で重なっていた。

「これだけの人出なのに、それっぽっちじゃどうにもならないじゃないか。みんな、おまんまの食い上げだよ。しっかりしな」

小声ではあるが、棘《とげ》のある囁《ささや》きで叱《しか》られた。ほとんど同時に、おみきさんの腕の中で眠っていた赤ん坊が泣きだす。「ぎゃっ、ぎゃっ」と怯《おび》えたような泣き声があたりに響いた。信太と同じく、尻をつねられたのだ。おみきさんは両手で赤ん坊を揺すると、

「おぅ、よしよし。お腹《なか》が空《す》いたねえ。おっかさんの乳が足らないんだねえ。ごめんよ、ごめんよ。ひもじいねえ、よしよし」

と、周りに聞こえる程度の声音で赤ん坊を宥《なだ》める。ここでぼんやりしていたら、尻をつねられるぐらいではすまない。声を張り上げる。

「おっかあ、腹が減ったよ。もう、三日も何も食ってないよう。おいら、もう動けない」

「辛抱しておくれ。食べるものが何にもないんだよ。おまえまで泣かないで……堪忍しておくれね。おっかさんは、もうどうしたらいいか……」

「ひもじいよう。腹が減って、死にそうだよう」

そこで、ほろほろと泣いて見せれば、おみきさんも大粒の涙を流して「辛抱しておくれ」と「堪忍しておくれ」を繰り返す。

「あらまあ、母子《おやこ》の物乞いだよ。気の毒に」

「かわいそうにねえ」

そこそこ良い身なりの老女が二人、近寄ってきて椀の中に銭を投げ込んだ。二十文はある。蕎《そ》麦《ば》一杯がゆうに購《あがな》える。

食いてえな。

口中に湧《わ》いてきた生唾《なまつば》を呑《の》み下す。

蕎麦は好物だ。〝もり〟でも〝かけ〟でも好きで好きでたまらない。〝たねもの〟なんて口にできるなら、死んでもいいと……いや、死にたくはないが死ぬまでにもう一度ぐらいは味わってみたい。

あられ、天ぷら、おかめ、けいらん、しっぽく、あんぺい、小田巻《おだまき》、鴨南蛮《かもなんばん》に親子南蛮。

思い描くだけで腹が鳴る。口の中に出汁《だし》の風味が広がる。鰹節《かつおぶし》と昆布《こんぶ》の旨味《うまみ》だ。

この味、この旨味をどこで覚えたのだろう。

おみきさんが地べたに額が触れるほど低く、頭を下げた。

「ありがとうございます。ありがとうございます。これで、子どもを飢えさせずにすみます。ほら、おまえもお情け深い奥さま方にお礼を言うんだよ」

「あ、ありがとうございます」

泣き真似《まね》を続けながら、低頭する。少し舌足らずの物言いをする。

「ひもじいよねえ。かわいそうに。おまえは幾つだい。五つ、六つ？」

小太りの女が身を屈《かが》めて、問うてきた。

唇を噛《か》み、黙り込む。自分のことをあれこれ尋ねられるのは、正直、困る。厄介だ。答えようがない。本当の歳《とし》も名前も生い立ちも覚えていない、何も知らないのだ。知らないことには、答えようがない。

おみきさんが、ぐすぐすと鼻を鳴らした。

「あ、この子は八つになります。でも、生まれてこの方、満足に食べさせてやることもできず……それで、それで……大きくなれなくて……。不憫《ふびん》でなりません」

そこで、よよと泣き伏した。よいころあいで、赤ん坊が涙の溜《た》まった目で老女たちを見上げる。道端で襤褸《ぼろ》に包まれていようが、絹の衣を着せられていようが、赤ん坊の眸《ひとみ》は押《お》し並《な》べて澄んで、清らかだ。が、襤褸に包まれていれば、その澄み具合、清らかさが、愛らしさよりも憐憫《れんびん》の情を掻《か》き立てるらしい。老女たちは顔を見合わせ、小太りの女は目頭を押さえた。痩《や》せた方も子持ち縞《じま》の袖《そで》で涙を拭《ふ》いている。

なかなか、やるじゃねえか。

目を眇《すが》め、赤ん坊を見やる。

五日ほど前に、山門の前に捨てられていた子だ。信太が見つけた。夜の内に雨が降って、冷え込んだ朝だった。にもかかわらず、赤ん坊は色褪《あ》せた単衣《ひとえ》一枚に包まれて力無く泣いていた。抱え上げると身体《からだ》は冷えきって、顔色は青白い。

こりゃあ、駄目だな。助からない。

とっさにそう感じた。ここで生きているうちに身についた勘だ。

山門近くに赤ん坊が捨てられているのは、そう珍しくはない。二月《ふたつき》、三月《みつき》で三人から四人ぐらいの割合ではないだろうか。もう少し多いかもしれない。ちゃんと数えたことも、考えたこともないから確《しか》とはわからない。

籠にいれられた子、この赤ん坊のように襤褸に包まれただけの子、稀《まれ》にだが幾ばくかの銭と一緒に置き去りにされた子もいる。半分の上が数日で亡くなる。見つけたとき、既に息をしていないこともある。生き延びられるのは、僅かだ。

この赤ん坊はその僅かに入ったらしい。信太の勘は外れたのだ。

もともとの質《たち》が丈夫なのか、たまたま近くの長屋の気のいいおかみさんに貰《もら》い乳ができたからなのか、死ぬどころか弱りもせず、こうして商いの役に立っている。

「そうかい、八つかい。かわいそうだねえ」

小太りの女が手提げ巾着《きんちゃく》から包みを取り出した。

「これ、栗饅頭《くりまんじゅう》だよ。お食べ」

渡そうとして寸の間、躊躇《ためら》い、信太の膝に包みを投げた。垢塗《あかまみ》れの手に怖気《おじけ》づいたのだろう。よくあることだ。信太たちを憐《あわ》れみ、恵んでくれる者たちが汚れや臭《にお》いに顔を歪《ゆが》め、身を竦《すく》ませて、そそくさと遠ざかる。老女たちも足早に去っていった。もう、信太たちを一瞥《いちべつ》もしなかった。

しかたないのだ。小ざっぱりした物乞いに、だれも銭など恵んではくれない。太っていてはもちろん駄目だ。痩せて、小さくて、汚くて、でも、ほどほどには整った顔立ちをしている。そういう子どもに人は施し心を起こすものらしい。だから、蓬髪《ほうはつ》と薄汚れた格好で、道辺に座る。いわば、物乞いのお仕着せだ。

「栗饅頭より銭をくれた方が、よほど助かるんだけどね」

おみきさんは文句を言いながらも椀の銭と栗饅頭の包みを手早く、懐《ふところ》にしまい込んだ。それから、ぶるりと身体を震わせた。

「めっきり寒くなったね。今日はこれで引き上げるかい」

「でも、稼ぎが……」

いつもより少ない。おみきさんと信太、二人の分を足しても七十文ほどしかない。大豆一升買えるか買えないかという額だ。しかも、この中から奥山一帯を仕切っている御菰《おこも》の元締めに、場代を支払わねばならない。

「そうだねえ。ちょっと、心許《こころもと》ないねえ。五郎《ごろう》もお元《もと》ちゃんも具合が悪くて寝込んでるし、あたしたちが稼がないと明日の食い物が手に入らなくなるか。けど、どうもねえ……」

おみきさんが辺りを見回す。

「今日は実入りが悪い日なんだよ。あたしも物乞い暮らしが長いからね。そういうの、何となく気取《けど》っちまうのさ。ああ、悪かったねえ。尻をつねったりしてさ。勘弁だよ」

詫びは信太ではなく赤ん坊に向けられていた。泣くのを止《や》めた赤ん坊は、唇を動かしチュッチュッと鼠鳴《ねずな》きに似た音をたてる。

「ああ、腹が空いてきたんだね。乳を貰いに行かなきゃね。やっぱり帰ろうか」

さっきは、ぼうっとするなとか、しっかりしろとか、おまんまの食い上げだとかさんざん叱っておきながら、赤ん坊のためなら店仕舞いするのかと言いたかったけれど、言っても詮無《せんな》いとわかっているので黙っていた。

おみきさんは、おそらく三十前の大年増《おおどしま》だろう。ぼさぼさの髪を背中に垂らして、頬《ほお》もこけているからぱっと見て、四十にも五十にも思える。けれど、わざと汚した顔や手を洗うと、染みも皺《しわ》もない肌が現れて一気に若返る。おもしろいほどの変わりようだ。

昔、何をしていたのか知らない。化けるのが上手だから役者の真似事でもしていたのかもと考えたりする。でも、わざわざ〝昔〟なんて尋ねたりしない。尋ねて、仮に答えが返ってきても意味がないからだ。その昔、やんごとなき身の上であったとしても、お大尽の身内であったとしても、昔は昔、がらくたに等しい。

信太は、宝幸院《ほうこういん》という浅草田町《たまち》の外れにある荒れ寺をねぐらにしている。おみきさんも、だ。他に十五、六人の子どもがいる。おみきさんの腕の中の赤ん坊も含めて、四人は赤ん坊だった。大人は三人、住職の真明尼《しんみょうに》さまとおみきさんとお元さんだ。真明尼さまはしわくちゃの婆《ばあ》さまだが、身寄りのない子を引き受けて面倒をみている。真明尼さまがいなかったら、宝幸院にいる子どもたちの大半は、亡くなっていたはずだ。親に捨てられた、親と死に別れた、あるいは生き別れた孤児《みなしご》が自分の力だけで生き延びていけるほど、世の中は甘くない。だから身を寄せ合う。群れになるのだ。それぞれが精一杯、踏ん張って群れを守る。それが生きるための唯一の方法だ。群がらくた同然の過去に拘《こだわ》っていては群れの中には入れない。入れなければ、野垂れ死ぬ見込みはぐっと高く、大きくなるのだ。

おみきさんはもとより、まだ子どもの信太だってよくよく解していた。だから、来《こ》し方《かた》なんて気に掛けない。自分のものも他人のものも。おみきさんは気が短くて物言いがすぐに尖《とが》るし、つねり癖がある。でも、優しくて、弱い者を放《ほう》っておかない。それだけわかっていれば十分だ。ただ、子どもを産んだことはあるみたいで、赤ん坊の世話は好きなようだ。暇を見つけては、襁褓《むつき》を拵《こしら》えていたりする。

「信太、おまえ一人で、もう少し粘りな」

つぎはぎの辛《かろ》うじて形を保っている着物の前を軽く叩《はた》いて、おみきさんが言った。

「え？　おいらが一人で物乞いをすんの」

「そうさ。おまえも、もう八つだろう。それくらい一人前に熟《こな》さなきゃね」

「八つってのは、おみきさんが勝手に決めちゃったんじゃないかよ。本当の歳なんて、わかんないし、急に一人前なんて言われても困る……」

「どうでもいいんだよ。本当のことなんて」

おみきさんの口調が苛立《いらだ》ってくる。眼《め》つきも少しばかり険しくなった。

「大事なのは今だからね。本当の歳や名より、今、どれだけ銭を稼げるかの方がずっと大切なんだよ。わかってんだろ、そんなこと」

頷《うなず》くしかなかった。

そのあたりも骨身に染みてわかっている。どんな名がついていようと何歳だろうと、それで腹がくちくなるわけではない。そんなものより、手の中の一文銭の方がはるかに大事だ。

「おまえ、後、半刻《はんとき》（約一時間）ばかりは座っときな。それでも実入りが少ないようなら縋《すが》ってでも、お恵みをいただくんだ」

「えーっ」

　思わず声が漏れた。

「なんだい。嫌だって言うのかい」

「嫌というより……」

　うつむいて、身体の横でこぶしを握った。

　金のありそうな相手の袖を引くなり、前に回るなりして施しを乞う。上手《うま》くいけば椀の中にちゃらちゃらと銭が転がり込む。それを袋に入れて懐に仕舞い込み、またどこぞの誰かに椀を差し出す。そこまではいいのだ。さして難しいわけではない。哀れを誘う素振りも物言いも身についている。けれど……。

「ちょっと……怖い」

　おみきさんを上目遣いに見やる。

　渋面だった。眉《まゆ》の間に皺が二本寄って、口元が歪んでいる。その口元から、ふっと短い息が漏れた。

「この前のあれ、まだ引きずってるのかい」

「……うん」

　もう二か月も前になる。まだ、日の長い暑い時分だった。今日のように実入りが悪くて、一日の稼ぎと決めた額には、とうてい足らなかった。おみきさんに促されて、信太は空椀を手に物乞いに回っていた。うろうろと歩き、羽振りのよい商人風の男に目を付けた。隣に後姿も婀娜《あだ》な女がいたからだ。身体をもたれかかるように傾けて歩いている。

金があって、女連れ。こういう男は思いがけないほどの銭を恵んでくれることが、往々にしてある。女の前でけち臭い真似はできないのか、気持ちが大らかになっているのかわからないが、ともかく金離れがいい。

信太は迷わず、男の袖を引いた。

「お情け深い旦那《だんな》さま、どうかお恵み下さい」

舌に馴染《なじ》んだ物乞いの台詞《せりふ》を口にして、椀を差し出す。

「お願いいたします。昨日から何も食べておりません。どうかお恵みを」

女が顔を歪め、金切声を上げた。

「やだ、汚い」

とたん、腹に重い衝撃がきた。一瞬、浮いた身体が地面に叩《たた》きつけられ、転がる。蹴《け》り上げられた。

そう気が付くのに、ほんの僅かだが間が要った。気が付いて起き上がろうとした刹那《せつな》、顔を踏みつけられ息が詰まった。痛いより苦しい。草履裏の湿った土の匂《にお》いが鼻に広がる。

「小汚いガキが触るんじゃない」

男は罵《のの》り、信太の顔や身体を容赦なく蹴った。

気が遠くなる。

このまま死ぬんだ……。

ふっと感じたとき、信じられないほどの怒りが込み上げてきた。こんなやつに殺されてたまるかという思いと、こんなところで死にたくないという思いが混ざり合い、熱を持ち、うねる。叫んだ女にも抗《あらが》いもしない相手を蹴り続ける男にも、殺意に近い怒りを覚える。

信太は身を捩《よじ》り、男の足にしがみついた。そして、脹脛《ふくらはぎ》に嚙みついた。全身の力を込め歯を立てる。口の中に血の味が広がった。

「うわあぁぁっ、痛い」

男は悲鳴を上げ、尻もちをついた。血の味のする唾を吐き捨てて、信太は飛び起き、そのまま駆けた。駆けて逃げた。

二か月前、まだ蟬《せみ》が生き残っていた時分だ。今は、宵の草むらから響く虫の音さえ、日に日に力弱くなっている。

「あのときの、おまえの顔、ひどかったもんね。ぱんぱんに腫《は》れてさ。まあ、でも五臓六腑《ごぞうろっぷ》に障りが出なかったのは運が良かったよ。腹を蹴られて死んだやつもいるからね」

おみきさんが、苦く笑った。

「けど、二日ほど熱が出て寝込んじまったんだよね」

「まる三日だよ。熱はいいけど、怖くて、暫《しばら》くは物乞いができなくて……それが辛《つら》かった」

あの男が現れるんじゃないかと、信太の歯形のついた脹脛を見せて怒鳴り、また蹴りかかってくるんじゃないかと気が気ではなかった。でも、いつまでも怯えていられるほど、結構な身分ではない。働かなければ、飢えはすぐ横に居座っているのだ。信太が手っ取り早く稼げるのは物乞いしかない。びくびくしながらも、奥山の賑《にぎ》わいの中に座っていた。幸い、何事もなく二か月が過ぎている。

ただ、袖を引いて物乞いするのは、まだ怖い。心のどこかにできた傷がずくずくと疼《うず》く。贅沢《ぜいたく》かもしれない。我儘《わがまま》かもしれない。でも、怖い。

「ああいうのも慣れちゃえば、どうってことないんだけどねえ」

ぼさぼさの髪を掻き上げ、おみきさんがため息を吐《つ》いた。

「……ごめん」

うつむいて、謝る。自分が不甲斐《ふがい》なくて、泣きそうだ。

赤ん坊がまた、ぐずり始めた。本当に腹が空いているのだろう。昼前に一度、乳を貰ってから何も与えられていないのだ。腹が空いて当然だった。赤ん坊を抱いていると、さっきの老女たちのように憐憫の情に誘われて、恵んでくれる者が増える。幼気《いたいけ》な子どもは、重宝な小道具になってくれるのだ。まだ名前もない赤ん坊は、我が身の立場を心得ているのか、めったに泣きもせず、始終機嫌がいい。それでも、尻をつねられたり、何刻も乳を貰えずにいたらぐずりもしたくなる。

「ああ、よしよし、わかったよ。しょうがない。奥の手を使うしかないね」

おみきさんがもう一度、先刻より長い息を吐き出した。

「奥の手？」

「そうさ。本当は、あまり面倒を掛けたくなかったんだけど、このままじゃ帰れないし、この子がひもじいのも放っておけないからね」

「面倒を掛けるって、誰に?」

尋ねる信太の前で手を振って、おみきさんは舌を鳴らした。

「いいから、ほら、座ってた菰と椀を片付けな。さっさとやって、行くよ」

「行くって、どこに行くんだよ」

「いいから、黙ってついておいで」

赤ん坊を抱き直し、おみきさんが歩き出す。二人分の菰を抱えて、信太は後を追った。

おみきさんの歩みは速い。道の端を、人を巧みに避《よ》けながら、雷門《かみなりもん》の方に向かっている。もっとも、避けているのは人々も同じで、垢じみた物乞いに触れるのを嫌がって、おみきさんや信太から上手く間を取っていた。

雷門を出ると、亀屋《かめや》がある。奈良《なら》茶漬けと田楽《でんがく》が売り物の料理屋だ。江戸でも名高い店で、亀屋を目当てに浅草を訪れる客も少なくない。

その料理屋の路地をおみきさんは進んでいく。迷いのない足取りだった。

え?　亀屋で物乞いをするつもり?

だとしたら、拙《まず》いだろう。御菰には御菰の取り決めや約束事がある。信太たちは、境内《けいだい》で参拝客らに物乞いをすることは許されていた。けれど、店々の裏口で残り物や銭を乞う真似は、禁じられているはずだ。それは、また別の御菰たちの領分だった。御菰たちの中でも、どこを縄張りにするかは定められていて、外れたり好き勝手に乞うて回ることはできない。そうしないと、他の御菰たちの取り分が削られる、あるいは失われる羽目になりかねないのだ。自分の腹を満たすために、他人を退ける者は法度《はっと》破《やぶ》りとみなされた。

御法を犯せば罰せられる。それは、御菰の内でも同じだ。

信太たちが店を覗《のぞ》いて、直《じか》に何かをねだれば、御菰としての罪人になってしまう。命を奪われるまではないとしても、浅草界隈《かいわい》、いや、江戸にはいられなくなる。堅気の世の江戸十里四方追放に匹敵する刑だ。

おみきさん、駄目だよ。それはやばなことだよ。

そう止めようとして、口をつぐむ。

おみきさんは、御菰のご法度など百も承知だ。そういう諸々を信太に教え込んでくれた本人なのだから。生き抜いていくために、どうしても守らねばならない肝要なものを、まずは頭と心に叩き込むんだと、おみきさんは何度も繰り返した。

この人が法度破りなんか、するわけないな。

ならば、どこに行くのだろう。何をするつもりだろうか。

唾を呑み込み、信太はおみきさんの背中を見詰める。

路地を抜けると小道がついていた。小道といっても子どもならすれ違えるほどの幅がある。枯れかけた草の中に白い小さな花が咲いていた。

亀屋の裏手になるはずで、高い板塀が道に沿って続いている。が、そこを抜けると思いの外広い場所が現れた。田圃《たんぼ》が広がり、田圃の向こうには幅のある道が延びて、ぽつぽつとだが、立売りや棒手振《ぼてふり》の姿があった。大通りに通じているのだろう。小道には砂利が敷かれている。これなら、雨が降ってもぬかるむ心配はない。人の手の入った道だ。

そこで、おみきさんが立ち止まり、振り返った。

「愚図愚図するんじゃないよ。すぐそこだから、しゃきしゃきっとお歩き」

と、顎をしゃくる。道の先は疎林があり、まだ、色づいた葉をつけている木も半ば落としたものも、常緑の枝を広げているかなりの大樹もあった。その林の奥に、二階屋が建っていた。

え、こんなところに家が？

驚いてしまう。今は葉が落ちて木々の間が空いているから、見通すこともできるけれど、若葉から夏の終わりまでは、茂った木々に囲まれて、すっぽり隠れてしまう。そんな家に思えた。思えば、少し鼓動が速くなる。

夏の初めには消え、秋が深まれば現れる家。まるで、御伽草子《おとぎぞうし》のようだ。

昔、そんなお話を聞いたことがあった……気がする。

切り立った山の奥の奥のさらに奥に、仙人が住む陋屋《ろうおく》があって、それは桃の花が咲いて散るまでの間だけ人の目に見える。そこに辿《たど》り着けた者には桃色の酒が振舞われるのだが、その酒には不老不死の力が宿っていた。何百、何千という人々が仙人の住処《すみか》を目指して、山の奥に分け入っていったが、誰一人として帰ってこなかった。が、あるとき一人の若者が、一人の若者が……若者がどうしたんだっけ？　この話、誰が語ってくれたんだっけ？　どこで聞いたんだっけ？　思い出せない。話の続きも語ってくれた人も聞いた場所も、霧の中の人影みたいに曖昧《あいまい》なままだ。

信太はこめかみを押さえた。

鈍く疼く。記憶の底から何かを引き出そうとすれば、必ずこの疼きに襲われる。悪心《おしん》を覚える。無理だ。止めておけ。思い出すな。そんな風に告げられているかのようだ。

無理だ。止めておけ。思い出すな。むりだ。止めておけ。思い出すな。無理だ。無理だ。ずく、ずく、ずく。

「信太」

おみきさんが硬い声で呼んだ。眉根を寄せて、信太を見詰める。

「また、お頭《つむ》が痛むのかい」

「……うん、ちょっとだけ。すぐに治る。いつものことだから……」

「しょうがない子だねえ。また、あれこれ考えてたんだろう。考えたって、何の足しにもならないのにさ。困ったもんだ。ほら、口を開けな」

「えっ、なに？」

「いいから、がばっと開けるんだよ」

言われた通り、できる限り大きく口を開ける。口の端が痛くて、顎が外れそうだ。

おみきさんは、左手で赤ん坊を支えると、右手を懐につっこんだ。

「ほらよ」。その一声とともに、口の中に栗饅頭が押し込まれる。舌を動かすと、くっきりとした甘味が広がった。

「どうだい、元気が出ただろう」

おみきさんがにやっと笑う。信太は何度も頷いた。甘さが指先まで染みてくる。血の流れが速くなって、こめかみの疼きを押し流してくれたみたいだ。食べてしまうのが惜しくて、いつまでも味わっていたくて、信太はもごもごと口を動かした。でも、小さな栗饅頭はすぐに喉《のど》の奥に消えてしまう。甘味だけが舌の先に残っている。

おみきさん、ありがとう。

お礼を言おうとしたのに、おみきさんはもう背中を向けていた。少し下り坂になった道を足早に歩いていく。信太も慌てて、足を速めた。

林の中は、思っていたほど暗くはなかった。落葉した枝の間から光が差し込んでいるのだ。真昼ならもっと明るいだろう。そして、夏の季節には木々の茂った葉が日差しを遮り、涼やかなのだろう。それにしても静かだ。浅草寺の近くにこんな静かな場所が、こんな静かな佇《たたず》まいの家があったなんて、驚いてしまう。亀屋の離れだろうか。特別な客のために少し奥まった所に部屋を作っているのだろうか。それとも、誰かの住いなのだろうか。だとしたら、主《あるじ》はどんな人なのか。むろん仙人ではなく人であるはずだ。

胸がざわめく。とても気持ちのいいざわめきだ。栗饅頭の甘さじゃなく、この家から感じる不思議な気配のせいだと思う。

黒い屋根瓦《がわら》の仕舞屋《しもたや》は落ち着いて、よく整ってはいるけれど、別段変わったところはなく、珍しい造りでもなかった。

なのに、どきどきする。見知らぬどこかに飛び出していくような昂りを覚えるのだ。

急におみきさんが立ち止まり、振り向くと、信太の手腕を摑《つか》んできた。そのまま、太めの木の後ろに回る。素早い動きだ。ほとんど引きずられる格好で、信太も木の後ろにしゃがみ込んだ。土と朽ちていく落ち葉の匂いが漂う。芳香ではないが優しい香りだ。

「ど、どうしたの」

「しっ、黙って。静かにしてな」

足音が近づいてくる。林の中の道にも砂利が敷いてあるので、音ははっきりと耳に届いてきた。二つ、だ。木の幹に身体を押し付けて覗いていると、男と女が寄り添うように歩いてくるのが見えた。二人とも三十前後だろうか、いい身形《みなり》をしている。大店《おおだな》かどうかはわからないが、しっかりと商いを回している店の主人夫婦らしい。ただ、二人とも眼つきが暗かった。何かに必死に耐えているみたいだ。女がうなだれていた顔を上げ、一言、二言、呟《つぶや》いた。男がその背中にそっと手を添える。女はまた、目を伏せた。その姿のまま、二人は遠ざかっていった。頭上の木で百舌《もず》が高く鳴く。

「おみきさん、あの人たち誰？」

「そんなこと知るもんか。大方、えにし屋さんの客だろうけどね。ま、物乞いなんかが目についちゃ、えにし屋さんの迷惑になるからね。それで、隠れただけさ」

「えにし屋さん？　なに、それ？　商売屋なの」

「うるさいね。おまえは、黙ってついてくりゃあいいんだよ。さ、裏口に行くよ」

林を出て、裏手に回ろうとしたとき、腰高障子《こしだかしょうじ》の戸が開いた。

信太はその場に棒立ちになっていた。

背の高い女が戸の向こうから出てくる。それだけのことだった。なのに、動けない。風が吹いて、木々の香りが濃くなる。

その風に裾《すそ》を揺らし、その香りを纏った女は、この世の者とは思えなかった。美醜ではない。そんな俗世の物差しとは無縁の気を女は放っていた。だから動けない。

「お初《はつ》さん」

と、おみきさんが呼んだ。

二

信太は台所の隅に縮こまっていた。

大きな水甕《みずがめ》と洗い場の間に身体を突っ込むようにして、座っている。

「おやまあ、そんなとこにしゃがんでたら尻っぺたが冷たいだろう。こっちにおいで」

と、大柄な女の人が手招きしてくれた。

大柄というか、よく肥えている。頬も肩も尻も丸く盛り上がっていて、この季節なのに鼻に薄《うっす》らと汗をかいていた。でも、眼つきが優しい。こんな眼つきを向けられることは、めったにない。憐れみの眼差《まなざ》しには、たまに出逢《であ》うけれど。

「信太、お舟《ふね》さんがこう言ってくださってるんだ。出てきて、お茶をいただきな」

上がり框《がまち》に腰かけていたおみきさんも、手を上下に振って呼ぶ。肥えた女の人は舟という名前らしい。お舟さんは鼻の汗を拭いて、信太に笑い掛けた。

「おれ……ここが、いいよ」

信太は後退《あとずさ》りして、さらに狭間《はざま》の奥に入り込んだ。

「まあ、この子ったら。犬や猫じゃあるまいし、甕の後ろに隠れてどうすんだよ」

おみきさんが眉を顰《ひそ》めた。物言いは柔らかいが、かなり苛ついているみたいだ。

まったく、どうして素直に「はい」って、言えないんだよ。

そんな声が聞こえてくる。口ではなく眉間《みけん》の皺から零《こぼ》れてくる声だ。いつもなら、そうする。素直に「はい」と答え、言われた通りにする。

自分は子どもだ。小さくて、弱い。一人の力で生き抜くには幼過ぎるのだ。今、江戸の巷《ちまた》に放り出されたら十中八九、死ぬ。飢えて死ぬ。凍えて死ぬ。病で死ぬ。何が因《もと》になるかまではわからないが、そんなことはどうでもいい。何が因でも死は、死だ。

死にたくない。生きていたい。

と、思う。大変なのはわかっている。大変な事ばかりだ。二六時中、腹は減っている。この空きっ腹《ぱら》が、この飢えが一番、きつい。殴られるより、蹴られるより、罵られるよりずっと辛い。でも、宝幸院にいる限り、飢え死にだけは免れる。真明尼さま、おみきさん、お元さん、この大人三人がいて、ぎりぎりだけれど信太たちを死から守ってくれるからだ。本当にぎりぎりだけれど、何の庇護《ひご》もなく捨ておかれるより百倍もマシだ。

だから、素直に従う。困らせたりしない。信太だけでなく宝幸院にいる子どもたちは誰もがそう心得ている。大人に甘えたり、抗ったりできるのは親に恵まれた者だけなのだ。

なのに、今、信太は素直になれなかった。おみきさんに従えない。

どうしてだろう。

上目遣いに、様子を窺《うかが》う。台所は広く、二つ口の立派な竈《かまど》が目についた。格子窓から夕暮れの明かりが差し込んで光の帯ができている。竈にかかった鍋《なべ》から上がる湯気が、光を浴びて白く輝いて見えた。

土間に続く板場で、さっきから三人の女が話し込んでいた。おみきさん、お舟さん、そして、お初さん。お舟さんとお初さんは板場に座っている。赤ん坊はさっき、細身で眼付きの鋭い老人がどこかに連れて行った。乳の出る女を知っているとかで、ぐずり始めた赤ん坊を抱いて、勝手口から出て行ったのだ。おみきさんは恐縮はしていたが、心配する素振りは全く見せなかった。

この人たち、何者なんだろうか。

水甕に身体を押し付け、信太は思案を巡らせる。

お舟さんは優しいおばさんという感じだ。老人は無口で気難しそうだったけれど、赤ん坊を鶏の卵みたいに丁寧に扱っていた。だから二人とも悪い人じゃないのだろう。けど……。

板場に正座して、茶を飲んでいるお初を見詰める。

けど、この人は何なんだ。

正体が知れない。もちろん大人の正体なんて、わからないのが当たり前だ。この前みたいに、まっとうな堅気の形《なり》をしている男が破落戸《ごろつき》紛《まが》いの乱暴をはたらいたり、機嫌よく残り物を分けてくれた料理屋の女中が、翌日には罵《ば》詈《り》雑言《ぞうごん》を浴びせてきたりする。油断も隙《すき》もあったものではない。

でも、違う。

お初さんというこの人は、そういう大人たちとは違う。もっと深くて……深くて、危ない。震えがきた。身体の芯《しん》が冷えていく。唇を舐《な》めると、ひどく乾いていた。

そのお初さんが立ち上がる。土間に降りて、信太の方にやってくる。音がしなかった。立ち上がったときも、土間に降り下駄を突っ掛けたときも、こちらに歩いてきたときも音は聞こえなかった。信太は唾を呑み込む。

この人、足音とか立てないんだ。

「これ、おあがりな」

お初さんは屈みこみ、信太に木皿を差し出した。握り飯が二つと大根の漬物が載っている。

「お舟さんが拵えてくれたんだよ。大根は麹漬《こうじづ》けでね、美味《おい》しいよ。食べてみないかい」

不思議な声だった。柔らかく響くのに、どこか張り詰めている。掠《かす》れているようでも、澄んでいるようでもあった。見詰めてくる眸《ひとみ》も不思議だ。黒と藍《あい》の間《あわい》の色合いをしていた。薄く化粧した肌は艶《つや》やかで、仄《ほの》かに花の香りがした。何の花かまでは思い至らない。

腹は空いていた。空いて、空いて、眩暈《めまい》がしそうだった。いつもなら、一も二もなく握り飯を摑み、頰張っただろう。でも、今は手が伸びない。

聞き惚《ほ》れていた。見惚れていた。

心が持っていかれて、飢えさえ忘れていた。初めてのことだ。

「ほら、おいで」

不意に手首を摑まれた。冷たい指だ。夏でもないのに、その冷たさが心地よい。

お初さんは懐から手拭《てぬぐ》いを取り出すと、信太の手のひらを拭いてくれた。紺地に白い井桁《いげた》模様のついた手拭いが汚れていく。それが、身を斬《き》られるように辛かった。

「さあ、これでいい。食べてごらんよ。本当に美味しいんだから」

笑みを向けられて、花の香りを嗅《か》いで、信太は気持ちがふわりと浮き立った。

「いただきます」

両手を合わせて、頭を下げる。大振りの握り飯をゆっくりと口に運ぶ。

落ち着いて、落ち着いて。みっともないところを見せないように。

口の中に飯の甘味が広がった。ぴりっとした塩味が引き立てる甘味だ。

「美味しい」

「だろ？　お舟さんの握り飯と漬物は天下一品だよ。さ、たんと、おあがり」

「あ、ありがとうございます」

礼を言ったとたん、飯の欠片《かけら》が喉に詰まった。ごほっごほっと変な音の咳《せき》が出る。

「おやおや、大変だ。お舟さん、お水を持ってきておくれ」

差し出された湯呑《ゆのみ》の水を飲み干す。それを待っていたかのように、おみきさんが「馬鹿だね、この子は。みっともないったらありゃしない」と言い捨てた。

泣きそうになる。あんなに気を付けたのに、どうして……。

うなだれた首筋に、冷たい指が触れた。盆の窪《くぼ》から付け根あたりまでをすっと撫《な》でる。

「これ、火傷《やけど》の痕《あと》だねえ」

顔を上げると、お初さんが見詰めていた。瞬《まばた》きもしない。

首筋に火傷の痕がある。それは、微《かす》かに引き攣《つ》れて薄桃色をしている。自分では目にできないところだし、痛くも痒《かゆ》くもないから普段、思い出すことは滅多にない。首を掻いたとき、指の腹に微かな盛り上がりを感じる程度だ。傷痕より、垢塗れの首をお初さんの目にさらしたことが恥ずかしい。みっともない。恥ずかしい。みっともない……。

「たんと召し上がれ。お腹に力が入ると、前を向けるからね」

一言囁いて、お初さんは、やはり音を立てず板場に戻った。

「すみませんねえ。すっかりご馳走《ちそう》になってしまって。赤ん坊の乳の世話までしてもらって、本当に助かりましたよ。これ、貰って帰って構いませんかね」

おみきさんが膝の上の皿を持ち上げた。握り飯が一つ、残っている。ああ、みんなに食わせるつもりだと気が付いた。握り飯一つでも、粥《かゆ》にすれば何人もの糧になる。信太の皿にも一つ、手つかずの握り飯がある。残ったわけではない。できれば二つとも平らげたい。一つじゃ隙間だらけの腹を満たしてくれない。でも……宝幸院に帰れば、腹を空かせたみんなが待っている。朝、粥というより重湯に近い汁と菜っ葉の味噌汁《みそしる》をすすったきりのはずだ。ひもじくて堪《たま》らないと泣いている子がたくさんいるだろう。

食べたい。もう一つ、握り飯を食べたい。でも、でも、でも……。信太は奥歯を嚙み締めて、皿の縁《へり》を握った。いつもだったら、わからない。いや、わかる。多分、二つとも食べていただろう。そして、食べてしまった後、みんなと顔を合わせるのが憚《はばか》られて、ずっと俯《うつむ》いていただろう。でも、今は、駄目だ。みっともない、恥ずかしい思いを上塗りしたくない。

お初さんをちらりと見やり、皿を持ち上げる。

「あの、この握り飯も……」

「もっと、持ってお帰りよ」

お舟さんが急に立ち上がった。

「まんまは、まだあるよ。あと四つ、五つ、いや六つぐらいなら握ってあげるからさ、土産《みやげ》にしたらどうだい。ね、お初さん、いいですよね」

「ああ、別に構わないよ」

お舟さんは満足げに頷くと土間に降り、竈まで大股《おおまた》で歩いた。こちらは、かなりの足音だ。どんどんと威勢がいい。

「すいませんねえ。いつもいつも、甘えちゃって。今日は実入りが少なくて……」

おみきさんが肩を窄《すぼ》める。芝居ではなく、本当に恐れ入っている。もうかれこれ一年近くも、一緒に組んで物乞い稼業をしているが、こんな風に本気で縮こまっている姿は珍しい。

おみきさんは狡《ずる》くはないが、世を渡るコツをちゃんと呑み込んでいる。どんな風に芝居をすればいいか、他人を騙《だま》すのではなく他人の意に沿うように演じる勘所を心得ているのだ。でも、今、目の前にいるおみきさんは本心から相手に詫びていた。

その相手、お初さんは胸元に手をやり、微かにかぶりを振る。

「いつもじゃないだろ。滅多に来ないじゃないか。この前、顔を見せたのは、かれこれ半年も前になるよ。たまに境内《けいだい》で見かけて、元気でやってるなと思ってたのさ」

「ええ、あたしもたまにお初さんを見かけますよ。この前は綺麗《きれい》な娘さんと、その前はどこかの旦那さんと歩いておられましたよね」

「ふふ、お互いに何とか日を過ごしているってわけだね」

「ええ、お互いにね」

お初さんとおみきさんは顔を見合わせ、くすりと笑った。

物乞いの女と親し気に話をして、さらに笑い合う。そんな人がいるんだと、信太はまた驚いてしまった。

「丁度、よかったのさ」

お初さんが言った。言った後、おみきさんに向けた眼は、もう笑っていなかった。

「実は、こちらから逢いにいこうと思ってたんだよ。だから、来てくれて丁度よかった」

おみきさんの背筋がすっと伸びた。

「仕事ですか」

「ああ、仕事だよ。頼めるね」

「もちろんですとも。えにし屋さんの仕事を断るわけがないでしょう」

「そうかい。ありがたいよ」

「で、どんな仕事になります」

「それがねえ。ちょいと難儀じゃあるんだよ」

二人は顔を寄せ合い、内緒話を始めた。だから、信太の耳には何も届いてこない。握り飯をかじりながら、懸命に聞き取ろうとしたけれど無駄だった。

仕事？　仕事ってなんだろう？　おみきさん、何かを請け負う気なんだろうか？　物乞いにできる仕事って？　それに、それに、えにし屋ってなんだろうか？

「どうして、そんな所にいるんだよ」

すぐ近くで声が弾《はじ》けた。弾けたと感じるぐらい活《い》きのいい声だった。

少年が一人、しゃがみ込んで信太を見詰めていた。いつの間に、こんな近くにと息を詰めた。気配にまるで気が付かなかったのだ。

少年は髪を後ろで無造作に束ねていた。身に着けている筒袖《つつそで》も短袴《たんこ》も新しくはないが、ちゃんと洗濯されているのだろう、微かにお日さまの匂《にお》いがした。信太より、年上のようだ。いや、もしかしたら同じぐらいかもしれない。自分の本当の年齢を知らないのだから、比べられるわけもないのだが。つい、考えてしまう。

「おいら、太郎丸《たろうまる》ってんだ。おまえは誰？」

「え……あ、あの、信太」

「えっ、何て？　ぼそぼそ言ってちゃ聞こえないぜ」

太郎丸と名乗った少年はぐいぐい身体を押し付けてくる。薄汚れた信太の形など意に介さないようだ。お初さんといい、お舟さんといい、あの老人といい、物乞いを忌み嫌ったり遠ざけたりしない。憐れんでも、施しの相手と思ってもいない。だからといって慈心に満ちた人々かと言えば、そうではないと思う。お初さんも老人も、どこか怖い。ほんの一瞬で、くらりと姿を変える。そんな怖さだ。

怖い。怖いけど惹《ひ》かれる。毒を隠した美しい花みたいだ。危ないってわかっているのに、つい手を伸ばして触れたくなってしまう。

「なあ、もうちょい、はっきり言えよ」

ぐいぐい。太郎丸がさらに寄ってくる。その耳元で信太は力いっぱい叫んだ。

「しんただあっ」

耳を押さえ、太郎丸がひっくり返る。その拍子に草鞋が脱げて、土間に転がった。

「まあまあ、なにやってんだい。遊ぶのもいいけど、転げ回らないでおくれよ。危ないだろ。踏んづけられてもしらないよ」

「うへっ、お舟さんに踏んづけられたら五臓六腑《ごぞうろっぷ》がはみ出ちまう。くわばら、くわばら」

「まあ、この子ったら。どうして、こう減らず口をたたくんだろうね。わざわざ手習い所《てならどころ》に通ってるんだから、もうちょっとマシな口の利き方を教えてもらいいな」

「おいら、いっぱい、いろんなことを教わってるぜ。ほらほらほらほら」

太郎丸が腰に括《くく》り付けていた風呂敷包《ふろしきづつ》みを解《ほど》き、中から帳面を取り出した。

「これが読み書きだろ、これが算盤《そろばん》だろ、ほら、これなんか自分の名前を書いたんだぜ」

太郎丸が顎を上げ、帳面を開いて見せた。信太は首を伸ばし、覗き込む。

文字が書いてある。それはわかる。何と書いてあるかはわからない。宝幸院でも、たまに真明尼さまが字を教えてくれる。でも、本当にたまに、だ。

真明尼さまは子どもたちを養うために、庫裏《くり》の横に畑を拵え、野菜を育てている。自分たちの食べる分ではなく、売り物にするためだ。売れ残ったり、腐りかけた物は細かく刻まれて雑炊《ぞうすい》の具になる。それでやっと、信太たちの口に入るのだ。

畑仕事の他にも、蠟燭《ろうそく》作りや下駄の鼻緒付けなどの手間仕事を引き受けて、働き詰めに働いている。仏さまへのお勤めもある。いつ寝ているのだろう、身体は大丈夫だろうかと心配になるほどだ。

そんな忙しい真明尼さまが、子どもたちに字を教える暇などそうそうあるわけがない。おみきさんは読み書きできるようだが、教える気などまるでないし、お元さんは何とか読めても、書くまでは無理だと自分で言っていた。

だから、信太は字を知らない。書くことも読むこともできない。それで、格別困ったことはない。辛いことも不便を感じたこともあまりない。けれど、今、墨の匂いが漂うような黒い文字を見せられて、胸の奥が疼いた。

「……それ、名前なの」

「そうさ。太郎丸と書いてあるんだぜ。今日、教わったのさ。信太、おまえも書いてみるか」

「え？」

「自分の名前、ここに書いてみろよ」

少し、怯《ひる》む。いつもなら、へらっと笑いながら「おれ、字なんて書けないよぅ」と、言い返す。何でもないことだ。物乞いに恥《はじ》なんてない。そんな余計なものをくっ付けていたら、他人《ひと》さまに縋れないではないか。なのに、「おれ、字なんて書けないよぅ」の一言が喉の奥に絡みついて、出てこない。言葉にならない。

「信太は、字が書けないんですよ」

おみきさんが手を左右に振りながら、言った。愛想笑いというやつだろうか、妙に平べったい笑みを浮かべている。

「太郎丸さんみたいに、手習いには通えませんからね。読みも書きもできないんです」

耳朶《じだ》まで熱くなった。首から上が炎に包まれているみたいだ。ちりちりと髪の焦げる幻の音がする。言われたくなかった。ここで、お初さんの前で言われたくなかった。お初さんに知られたくなかった。

ちくしょう。ちくしょう。

膝の上で握ったこぶしに、湯が滴ってきた。それが涙だと気が付いて、信太は声を上げそうになった。慌てて、手のひらで目を擦《こす》る。

「あ、あ、ごめん。ごめんよ。な、泣かすつもりじゃなかったんだ」

太郎丸が慌てる。手拭いがなかったのか、風呂敷を差し出してくる。まさか、それで涙を拭くわけにもいかず、信太は首を縮めた。

「いいんですよ、太郎丸さん。ほっといてください」

おみきさんは首を伸ばす。そして、信太を睨《にら》みつけた。

「馬鹿だね。それくらいのことで泣いてて、どうするんだよ。何さまのつもりだい」

おみきさんの叱咤《しった》が飛んでくる。礫《つぶて》みたいだ。信太のあちこちにぶつかってきて、痛い。

そうだ、泣くほどのことじゃない。全然、ない。

信太は物乞いをして生きている。飢えや凍《い》て風や猛暑にさらされ、蹴飛ばされたり水を掛けられたりはしょっちゅうではないか。それに比べれば、読み書きできないことなど、何ほどのものでもない。できなくて当たり前だと、誰でも思う。

「べそべそ泣くのは止めなって。だいたい、おまえは」

「習えばいいじゃないか」

おみきさんの怒声をお初さんが遮った。声音も物言いも、とりたてて大きいわけでも強いわけでもない。なのに、おみきさんは口を閉じ、黙り込んだ。

「できないなら、できるようになればいい。それだけのことさ」

お初さんが僅かに顎をしゃくる。

「太郎丸、教えてやりな」

「ええっ、おいらが」

「そうさ。習い覚えたことを今度は他人に教える。大事なことだよ。おまえが手習い所での学問をどれくらい身に付けているのか。その目安になるじゃないか」

「学問だなんて、大げさだよ。ただの読み書きじゃないか」

太郎丸が唇を尖らせた。

「知らないことを知るってのが学問だろう。大げさも控え目もあるもんか。読み書きを覚えるのも、その日の飯にありつく手立てを学ぶのも立派な学問さ」

「あら、だったら、漬物の上手な作り方なんてのも学問の内に入るかもしれませんね」

お舟さんが竹の皮に包んだ握り飯を手に、口を挟んできた。

「もちろん、入るさ。お舟さんが教えてくれるなら習いたいって者は、存外多くいるんじゃないかねえ」

「まあまあ、それじゃこの世は学問だらけじゃないですか」

「まったくね。知りたいことも知らなくちゃならないことも、いっぱいさ。もちろん、知っちゃあいけないことも、ね」

肩を竦めてから、お初さんは改めて太郎丸に告げた。

「おまえが泣かせたんだから、おまえが後始末をするのが筋ってもんだろう。しっかり教えてやんな。むろん、信太にその気があるのならだけどさ」

「ほんとに、ほんとに教えてくれるの」

甕の横から飛び出していた。太郎丸の前に両手をつく。

「お願いします。お師匠《ししょう》さま、おいらに字を教えてください」

「え、お、お師匠さまって、そんな、や、止めろよ」

太郎丸の黒目がうろついた。

「お願いします。お願いします」

ずっと望んでいたのだ。いつのころからか忘れるほど昔から、望んでいた。いつの日か、字が読めるようになりたい。書けるようになりたい。

「わ、わかったよ。教えてやるよ」

太郎丸の一言に、心の臓が大きく音を立てた。

「ほんとに？　ほんとに？　ほんとうですか」

「おいら、嘘《うそ》は嫌いだ。だいたい、そっちが教えてくれって頼んできたんじゃないか」

唇をさらに尖らせて、太郎丸は横を向いた。

「ありがとうございます。お師匠さま。どうかお願いいたします」

「だから、お師匠さまとか呼ぶの止めろって」

「え……、でも、それなら何と呼んだらいいのですか」

「知らねえよ、そんなこと。好きに呼べばいいじゃないか」

「だったら、やはり、お師匠さまと呼びます」

「馬鹿、駄目だって言ってるだろうが。なんで、わかんないんだよ」

「だって、好きに呼んでいいって……。あ、じゃあ先生にします」

「ふざけんなよ。まだ、お師匠さまの方がマシじゃないか」

「じゃあ、やっぱりお師匠さまだ」

そこで、お舟さんが噴き出した。太い身体を曲げて、遠慮なく笑い続ける。

「あははは。おもしろいねえ。おまえたち二人で辻万歳《つじまんざい》をおやりよ。流行るんじゃないかい」

お舟さんから手渡された握り飯の包みを抱いて、おみきさんも笑っていた。お舟さんほどあけすけな笑いじゃなかった。苦笑いに近い。

「雨の日、雪の日だけのお師匠さまでいいんじゃないかね」

お初さんがおみきさんを眇《すがめ》に見やり、言った。

「天気が悪けりゃ人出も少ない。その日は休みにして、ここに通わしちゃあどうだい、おみきさん。そのかわり、帰りにはお舟さんの握り飯と漬物を託《ことづ》けるからさ」

「まあね、そこまで言っていただけるなんて、ありがた過ぎますよ。でも、どうして、そんなに気にしてくれるんです」

今度はおみきさんが窺うような眼差しをお初さんに向けた。それに答えず、お初さんは信太の名前を呼んだ。

「信太、おまえね、どうしてそんなに読み書きを習いたいんだい」

問われて、信太は唾を呑み込んだ。さっきよりずっと強く、鼓動が響く。胸を押さえた手のひらにはっきりと伝わってくる。

「よ、読み書きだけじゃなくて、算盤も……銭勘定ができるようになりたい」

顔を上げる。もう一度、唾を呑み下し、お初さんを真っすぐに見据える。

「おいら、商いがしたいんだ」

「まっ」と声を上げたのは、おみきさんだった。お初さんは身動《みじろ》ぎもせず、表情も変えず、重ねて問うてくる。

「商い？　何のだい」

「それは……わかんない。でも、みんなが笑っているみたいな商いがしたい」

「何だよ、それ。なんの商売のことを言ってんだい」

おみきさんが鼻を鳴らす。物言いも顔つきも、ちょっと意地悪い。信太は俯き、唇を噛んだ。言うんじゃなかった。その悔いが苦く広がる。

胸の奥底に隠していた望みだった。いつ芽生えたのか自分でもわからない。でも、小さな芽に過ぎなかった望みは、少しずつ伸びて、双葉を広げようとしている。花が咲くのか実が生《な》るのか、わかるはずもない。今のままでは花も実も付けず、枯れてしまう見込みの方がはるかに大きい。一日一日を生き延びるのに精一杯なのに、読み書き算盤を習うなんて、空の星を摑みたくて足掻《あが》くのと大差ない。

身に染みて解している。だけど、捨てたくない。この望みを捨ててしまったら、諦《あきら》めてしまったら、自分は空《うつ》ろになってしまう。がらんどうだ。空っぽだ。雛《ひな》が孵《かえ》った後の卵の殻だ。指先だけで潰《つぶ》れてしまう。ぐしゃり、と。

記憶と呼んでいいのかどうか、迷う。でも、微かに覚えている光景があった。

みんなが笑っていた。湯気が上がっていた。賑やかで、楽し気だった。みんなが誰なのか、どんな顔をしているのか、わからない。女の人も男の人もいるようだと、それくらいしか言えなかった。

迷わなくていい。記憶と呼ぶには、あまりにお粗末だ。幻みたいなものだ。風が吹いても日が翳《かげ》っても、掻き消えてしまうほど淡い。でも、その淡い幻に自分は支えられている。

言うんじゃなかった。悔いがさらに広がり、苦味がさらに強くなる。

ずっと秘めていた想《おも》いを、どうして口に出したりしたんだろう。おみきさんはともかく、他の三人は、ついさっき出逢った人たちばかりなのに。

「だったら、料理屋がいいぞ」

太郎丸が指を鳴らした。思いがけないほど、綺麗な高い音がした。

「しかも、ものすごく美味しい料理を出せる店さ。美味しいもの食ってるときって、人ってたいてい笑ってるもんな」

「確かに言えてるね。付け加えるなら安くないと駄目。美味しくて、安い。これさ」

と、お舟さんが真顔で頷く。

「江戸には美味しいものがいっぱいある。料亭のお高い料理なんて、そりゃあ美味しいだろうさ。舌の上でとろとろに蕩《とろ》けたり、何とも言えない香《こう》ばしい香りがしたりしてね」

「お舟さん、とろとろとか香ばしいとか、それ、どんな料理の話してんの。おいら、そんなの食ったことないよね」

「あたしもないよ。目の玉が飛び出るほどお代をとられるんだろうからさ。そんなものの名前なんか知るもんか。口に入るどころか見たこともないんだからね。けど、何両もするような料理を並べられて、大笑いなんかしない、というか、できない気がするんだよねえ。畏《かしこ》まって、いただかなくちゃならないのと違うかい。それに比べて、一膳《いちぜん》めし屋とか小料理屋で、とびきり美味しい物が、安く食べられたとしてごらん。そりゃあもう、嬉《うれ》しくなっちゃってついつい笑っちまうだろう。ああ幸せだって、いい気分になれるよ。だろ？」

お舟さんが一歩前に出て、見下ろしてきた。最後の「だろ？」は信太に向けられたものらしい。頷けばいいのか、首を傾《かし》げればいいのか判断できない。とろとろ、香ばしいはむろんのこと、一膳めし屋の一皿だって信太たちからすれば、夢みたいなご馳走だ。手が届かない。なのに、太郎丸の言葉もお舟さんの言っていることも、すとんと胸に落ちてきた。

安くて美味しくて、一口頬張れば笑顔になれる。みんなが笑ってる。ほんの一時、憂さも苦労も忘れて美味《うま》い、美味いと笑える。そんな店を持てたら、そんな商いができたら……。

「おまえは知ってるのかい」

お初さんの声に我に返る。いつの間にか、ぼんやりとした思案に囚《とら》われていた。

「え、知ってるって……」

「みんなが笑っている、そんなお店を知ってるのかい」

また、唾を呑み込んでいた。そして、とっさに頭に手をやる。お初さんに、覗かれたような気がしたのだ。頭の中を。記憶とも呼べない記憶をお初さんにまさぐられる。

「旦那さま、遅いですね。赤ん坊がたんと乳を吸ってるのかしらねえ」

おみきさんが立ち上がる。勝手口を開けて、外を眺める。風が、昼間よりずっと冷えた風が吹き込んできた。おみきさんは、慌てた風に戸を閉めた。

「おお、寒いこと。今夜はかなり冷え込みそうですねえ」

「ああ、そうだね。身体にはお気をつけよ」

お初さんが、信太からすっと目を逸《そ》らした。

怖い人だ。

心底から感じる。さっきよりずっと強く、濃く感じる。

こんなに綺麗なのに、こんなにも怖い。

風のせいではなく、身体が震えた。

三

雨が降っている。

冬の到来を告げる、冷たい雨だ。

氷雨《ひさめ》と呼ぶまで凍ててはいないが、濡《ぬ》れればじわりと冷えが染みてくる。

風はなく、透けた糸に似た雨は、静かに、真っすぐに地に落ちていた。

「おい、入るぜ」

障子の向こうから、才蔵《さいぞう》が声をかけてきた。

初は窓の外から腰付障子《こしつきしょうじ》に目を移す。まだ、昼を少し回ったばかりの刻だ。この時分、才蔵が家にいるのは珍しい。季節にかかわらず、たいていは昼前から夕刻まではどこかに消えている。〝どこか〟がどこなのか、初が摑んでいるときもあるし、全く知らないときもある。知らないときの方が多いだろう。それでも、急用ができたり報《しら》せたい事柄が持ち上がった折は、ひょこりと帰ってきたりする。

才蔵を爺《じい》さまと呼ぶ太郎丸など、ひょこりと帰ってきた姿を見るたびに、

「爺さまは、妖術遣《ようじゅつつか》いなんじゃないの。どこにいても、おれたちの様子がわかるなんて、おかしいよ。そうだ、絶対に妖術遣いだ」

などと騒ぐ。半分は冗談だろうが、半分は本気で騒いでいるようだ。当の才蔵は太郎丸の頭をつつき、「カンが働かないようじゃ、えにし屋の商いは回せないのさ」と、にやりと笑うか、そしらぬ振りをするかだ。

才蔵は、人並外れて勘が鋭い。そして、あらゆる場所や人と巧みに繫《つな》がっている。高名な学者や大身《たいしん》の武士、大店の主と知り合っているかと思えば、場末の安女郎や御菰の元締めと親しくやりとりもできる。妖術遣いとまでは言わないが、抜きん出た才だと感心はする。その才があるからこそ、えにし屋は成り立っている。

えにし屋は、人と人との縁《えにし》を取り持つ。

それを生業《なりわい》として、才蔵が開いた店だ。

仲人や口入屋とは違う。

人と人との橋渡しもするし、縁を結びもする。逆に、一度結ばれた縁、絡み合った縁の糸を解きも、断ち切りも、千切り捨てもする。人と人を分かつ助けをするのだ。

形はなく、音も匂いもない。見ることも触れることもできない縁を扱う。そんな商いに、初めは戸惑った。迷いも悩みも、しくじりもした。しくじりは今でも、たまにやってしまう。生身の人間を相手にして、こちらの思惑通りに事が進まないのはしょっちゅうだし、入念に練ったはずの目論見《もくろみ》が土壇場で外れることもある。それでも、今はもう戸惑ったりしない。もう一度、やり直す。結び直し、断ち切り直す。途方もなく骨の折れる仕事ではあるが、途方もなくおもしろい。

初はえにし屋と共に生きる日々に馴染み、満足していた。むろん、傍《はた》からすれば歪《いびつ》で危うく、尋常の枠をはみ出している生き方だろうと重々、承知もしていた。

「寒いな」

部屋に入ってくるなり、才蔵は唇を尖らせた。その顔つきで、窓に向かって顎をしゃくる。

「雨が入ってくるじゃねえか。なんで、雨戸を閉めねえんだ」

「風は吹いてねえよ。庇《ひさし》があるんだ、降り込んじゃあこねえさ」

「窓は開けたまま、火鉢にも火を入れてねえ。おめえ、寒くないのか」

「若いからな」

「けっ、ぬかしやがる」

才蔵はその場に胡坐《あぐら》をかき、横目で初を見やった。

「そういやあ、おめえ、幾つになったんだ」

「さあな。生まれた年がわからねえんだ。答えようがないね。それに」

初は障子窓を閉め、鏡の前に座った。さっき結い直したばかりの髷《まげ》には、毛一筋の乱れもない。地味ながら上物の小紋を身に着けている。これなら誰の目にも、そこそこ裕福なお店の内儀と映るだろう。

「えにし屋のお初にとっちゃあ、年なんざあってねえようなもんだろう。今日は三十手前の大年増《おおどしま》だが、この前は十六、七の娘に化けたぜ」

「けっ、賢《さか》しらなことを言いやがる。が、まあ、確かにその通りじゃあ、あるな。男と女の垣根を越えちまってんだ。今が幾つかなんて、どうでもいいこった」

「お頭、おれの部屋で煙草《たばこ》はご法度だぜ」

懐から煙管《きせる》入れを取り出した才蔵に、初は顔を顰《しか》めた。

煙草は厄介だ。臭いが染みつく。武家の女や大家の女官に化す場合、邪魔にしかならない。

「わかってるさ。火種一つありゃしねえんだ。吸いたくても吸えねえだろうが」

年季の入った煙管を取り出し、才蔵は吸口《すいくち》をくわえた。

「煙草は喉に悪いと聞いたぜ。いい加減、止めといたらどうなんだ」

「世話焼きの女房みてえな口を利くんじゃねえよ。これをくわえていると落ち着くんだ」

紅を差そうとした手が止まった。

「落ち着く? てことは、気持ちが浮き足立ってたってことか」

才蔵が慌てることは滅多にない。火事騒ぎがあろうが白刃に囲まれようが、為《な》すべきことなり、切り抜ける方法なりを沈着に考え、見つけることができる。そういう場面を何度も目にしてきた。その才蔵が、落ち着くために煙管が要るという。

何かあったのかい、お頭。

初が尋ねるより早く、階下から弾んだ声が響いてきた。

「お師匠さん、これでいいですか」

「だから、お師匠さまって呼ぶな」

「お師匠さまじゃなくて、お師匠さんって呼んだんだよ、お師匠さん」

「名前で呼べって言ってるだろう。あ、でも、ちゃんと書けてる」

「ほんとに？　おいら、字が書けてる？」

信太と太郎丸の声だ。どちらも子どもだけが持つ澄んだ響きがあって、真っすぐに耳に届いてくる。濁らないものは、軽やかで遠くに飛ぶのだ。

「ふふ、物乞いの子に読み書きを教えるたぁ、どんな料簡《りようけん》だ」

「たいしたことじゃねえよ。信太は字を教わりたがっていたし、太郎丸には同じ年頃《としごろ》の相手がいるのもいいかと、ちらっと考えただけさ」

「手習い所にだって、同い年のガキはたんといるだろうが」

「まあな。なあに、ちょっとした気紛れさ。読み書きができないと言われ、信太が涙ぐんでたものだから、情にほだされたのかもしれねえ」

「嘘つけ」

才蔵は口を窄め、幻の煙を吐き出した。

「おめえが気紛れや、情にほだされて動くわけがなかろうよ。尤《もっと》もらしい騙《かた》りなんざ聞きたくもねえな。あのガキをわざわざ、ここに呼び込んだ、その本当の理由は何だ」

才蔵の手の中で煙管がくるりと回る。

女の仕草で、初は短いため息を零した。

「嫌だねえ、男ってのは。何でもかんでも疑ってかかるんだから。あたしだってね、人の子ですよ。ときには情心が湧くことだって、気紛れに優しくなることだってありますよ」

「おい、初。おれをごまかす気か」

才蔵が眉を寄せた。眉間に皺がくっきりと三本、刻まれる。

確かに、少し苛立っているようだ。何か厄介な案件を抱えているのかもしれない。

えにし屋の仕事は初と才蔵が手分けして担う。隠し事はしない。ただ、下拵えは概《おおむ》ね才蔵が受け持ち、詰めのほとんどを初が引き受けた。

役回りが決まっているのだ。もっとも、才蔵も初も、それぞれの裁量で使える者が何人かいる。初は数人に過ぎないが、才蔵はかなりの数を抱えているらしい。そのあたりを才蔵は詳しく語らないし、初も問わない。

えにし屋の主は、様々な人々と縁を繋いでいる。だからこそ、商いが成り立ちもする。そう心得て、初は初の仕事を果たしている。

その才蔵がいつになく張り詰めているようだ。良い兆候ではない。初もまた、眉を顰めていた。

「おれはお頭をごまかす気なんて、さらさらないぜ。まあ、信太についちゃあ、お頭のお見立て通りさ。ちょいと気になることがあってな」

「気になることってのは？」

「ここさ」

初は自分の首の後ろをぴしゃりと叩いた。これは、男の動きだ。首を叩く。頭《かぶり》を振る。歩く、座る、立つ、手を差し出す。どんな仕草であっても手足をどう動かすか、目を伏せるかどうか、首の傾げ方、息の吐き出し方一つで男と女、老人と若者、武家と町人がわかれる。そこを摑んでいないと、形をどう整えても人の目は眩《くら》ませられない。

「信太のここに火傷の痕があったんだ」

才蔵の目がすっと細まる。

「そりゃあ、摂津屋《せつつや》の話と繫がってんのか」

「ああ……」

もう一月《ひとつき》も前になる。季節の狭間で、暑くも寒くもない、天からの授かりもののような穏やかな日だった。

その日、えにし屋を訪ねてきたのは、林町《はやしちょう》一丁目で醬油《しょうゆ》と味噌を商う『摂津屋』の主夫婦だった。三十を幾つか超えた年だろうが、亭主の弥之助《やのすけ》も女房のお常《つね》もやけに窶《やつ》れて、老けて見えた。身形は豪勢ではないが、中どころの、上手く商いの回っている商人に相応《ふさわ》しくきっちりと整っていた。腰が曲がっているわけでも、痩せこけているわけでもない。にもかかわらず、長旅の人のように疲れて、みすぼらしく目に映るのだ。

疲れている。身体ではなく心が疲れ切っている？

「失礼ですが、お二人とも些《いささ》かお疲れのように見受けられますねえ」

やんわりと探りを入れた初に、

「草臥《くたび》れ果てました」

と、弥之助は率直に答えた。お常は傍らでうつむいたままだ。

こりゃあ、いけねえな。

胸裏で舌打ちしたくなる。

長くうつむいていると、覇気というものが零れてしまうのだ。面に陰を作り、生気を萎《しほ》ませる。そういう相手は、手がかかる。己の胸の内を吐き出すのも気の力がいるのだが、それが不足していると聞きたいことの半分も聞き出せなかったりする。あることないことしゃべり過ぎるのも、それはそれで厄介ではあるのだが。

雨と一緒だ。

あまりに強く降り続けば水害を招き、降らねば干害の因になる。天象も人の心も塩梅《あんばい》が難しい。今日のような穏やかさを保つのは、至難というものだ。

「お話を伺わせてもらいましょうかねえ」

身体の奥から、柔らかく深い声を出す。緑の木々の間を抜ける風に似て、人の気持ちを緩ませ、ふっと顔を上げさせる。そんな声だ。

お常が僅かに眼差しを上げ、初を見た。唇は閉じたままだ。

「あの、えっと、お初さんとおっしゃいましたね」

弥之助が膝を進める。

「はい。えにし屋の初と申します。摂津屋さんのことは、竜法寺《りゅうほうじ》のご住職から伺っております。人を捜しておられると聞きましたが、どなたのことです」

きっかけをこちらから差し出す。この夫婦《めおと》の場合、その方が話を引き出しやすいようだ。

「倅《せがれ》でございます。五年前に行方《ゆくえ》知れずになりました」

「まあ、五年も前にですか」

「はい」

「その子を見つけたくて、えにし屋を頼ってこられたと？」

「はい」

初は顎を引き、息を呑み込んだ。

これはまた、厄介な。

今度はため息を吐きそうになった。それを辛うじて呑み込む。

竜法寺は太郎丸が通っている手習い所でもある。住職の祥経《しょうけい》とはちょっとした縁があり、世話もしたし世話にもなっていた。そこからの紹介となると無下にも断れず、この日、摂津屋夫婦を招き入れたわけだが、初は既に悔いていた。

「話を聞いてもらえるでしょうか、えにし屋さん」

初の心鈍《こころおそ》しの気配を察したのか、弥之助がさらに前に出てきた。

「話を聞くだけでも聞いてください。この通り、お願いいたします」

手をつき、頭を下げる。お常も夫に倣《なら》った。

「まあ、そんな真似はお止めくださいな。困りますよ。ささっ、摂津屋さんも、お内儀さんもお顔を上げてくださいな。手をついたままじゃ聞くもしゃべるもできやしませんよ」

「それでは、手前どもの話を聞いていただけるのですか」

弥之助は上げた顔に安堵《あんど》の色を浮かべた。

「お聞きしますとも。そういう約束でお出《い》でいただいたのですからね。えにし屋は一度交わした約束を反故《ほご》にはいたしませんよ。余程のことが無い限り、ね」

「ありがとうございます。ほっといたしました」

「でもね、摂津屋さん。お話を聞くのと、仕事として引き受けるのはまた別になります。そこは、心得ておいてくださいな」

「もちろんです。その覚悟はして参りました。な、お常」

「あ、はい。あの、何卒《なにとぞ》よろしくお願いいたします」

お常は、もう一度、頭を低くした。

嫌な肌触りを感じる。猫の舌で舐められたような、氷柱《つらら》を不意に押し付けられたような、何とも嫌な気配だ。

なぜ？　初は心持ち身構えていた。

五年前に行方知れずになった息子を捜す。これは、そんなわかり易《やす》い頼み事ではないかもしれない。その思いがさらに用心の気持ちを掻き立てる。

弥之助は細面の優男だった。お常も整った顔立ちをしている。もう若くはないが、二人並べば似合いの夫婦とも目に映る。仲が悪いわけでもなかろう。夫婦の間には、落ち着いた確かな結びつきが感じられた。

では、この気配はなんだ？

初は襟に手を滑らせ、胸元の皺を伸ばした。それだけで、気分がしゃんと立ち直る。

「では、お聞かせ願いましょうかね」

初の眼差しを受け止め、弥之助が頷いた。

「わたしどもは、わたしとお常は幼馴染《おさななじみ》でして、小さいころから兄妹《きょうだい》のようにして育ちました。長じて夫婦になったのも、まあ、何と言いますか自然の成り行きでした。わたしどもも両家の親も、周りの親戚《しんせき》筋も、みな祝言を喜んでくれたのです。お常は良い女房でございますし、商いも上手く回っておりました。ただ、その、なかなか子が授かりませんで……」

お常が身動ぎする。やはり、うつむいたままだ。

「わたしは摂津屋の一人息子でございますから、父も母も気が気ではなかったのでしょう、お常を直《じか》に責めることはさすがにしませんでしたが、その、医者に診てもらえとか、子宝を授かる祈《き》禱《とう》をしてもらえとか、いろいろと、まあ言われまして、これも何かと辛い目を見たと思います」

　初は湯呑の茶を一口すすり、わざと首を傾げた。

「子ができないのは、お内儀さんのせいだと決めつけてしまったわけですか」

「はい？」

　弥之助も首を傾けた。こちらは芝居ではなく、本当に初の言うことが解せなかったようだ。

「いえね、子ができるできないなんて、男と女のどちらにも関《かか》わり合うことじゃないですかねえ。それをお内儀さんだけ辛い目ってのは、ちょいと理不尽な気がしましてね」

　ふっと笑ってみる。男ではない。女とも違う。何気ない笑みが、妖《あや》しい美しさを含んで人の心を揺らすことを、初は十分に承知していた。

　弥之助の頬が赤く染まった。狼狽《うろた》えたように、初から目を逸らす。

「あ、でも、所帯を持ってから四年後に男の子が生まれました。それはもう、みな、大喜びで。父など花火を打ち上げようかなどと、いつになく冗談まで口にする始末で……」

　初はちらりとお常を見やった。膝に乗せた自分の指先を見詰めているようだ。むろん、指先など見ていないだろう。目に力はなく、人形のように座っているだけだ。

「子は、平太《へいた》と名付けて、おかげさまですくすく育ちました。一歳の時に赤疱瘡《あかもがさ》に罹《かか》り、危うく命を落としかけましたが、必死の看病が実り一命をとりとめた後は、病らしい病もせず本当にすくすくと……」

「その、お子が五年前に行方知れずになったんですね」

「はい」

「そこを詳しく、お聞かせくださいな」

やや急《せ》いた口調で告げる。じっくり耳を傾けるときと、とんとんと話を進めるときと、その場その場で違ってくる。今はとんとんだ。できる限り情を排し、事実に近い話が欲しい。

さあ、事実だけをとんとんと語ってもらいましょうか。

「五年前、平太が三歳の時です。佐賀町《さがちょう》の縁者の家でちょっとした集まりがありまして、わたしは、その日、大切な寄り合いに出ねばならず、お常が平太を連れて出かけることになったのです」

「お子を連れて、ですか」

「はい。その集まりというのが、ご隠居の還暦祝いの席でして平太を連れてきてくれと頼まれました。小さな子が注《つ》いだ酒を飲むと、さらに長生きできるとの言い習わしがあるのだそうです。それで、お常と平太とで参りました。一晩、泊って翌日に帰る手筈《てはず》になっていたのです。ところが……」

弥之助の唇が一文字に結ばれた。頤《おとがい》が微かに震えている。

「その夜、佐賀町で火事がありました。折悪《おりあし》く、出火元が縁者の家に近く、しかも宵から風が強くなっていて炎が迫ってきたのです」

夜空に燃え立つ炎、降ってくる火の粉、逃げ惑う人々、煙、臭い、悲鳴……火事は化け物のように、人々の命や暮らしを呑み込み、食い千切っていく。

「そういう諸々《もろもろ》をわたしは後で知りました。佐賀町が火事だと聞いて仰天しまして、夜が明ける前に駆け付けたのです。縁者の家は何とか延焼を免れて、逃げた家人たちも朝方にはぼつぼつと戻ってまいりました。でも、お常と平太の姿はなく……」

初はゆっくりとお常に顔を向けた。

「お内儀さんは、今、ここにこうしておられます。つまり、火事からは無事に逃げられたんですね。それとも、大きな怪我《けが》でもなさいましたか」

「いや、そうではなく。お常は」

弥之助の言葉を身振りで遮る。口調を和らげ、お常に問いかける。

「どうなんです、お内儀さん」

お常にしゃべらせてみたかった。どういう想いを抱いてここに座っているのか、一端なりと摑まねばならない。

落ち着かないのだ。束《つか》の間《ま》感じた、あの不快が気になってしかたない。

お常が背筋を伸ばした。息を僅かに吐き出す。

「あの夜、『火事だ』という声で目が覚めました。板木《ばんぎ》や鐘の音も聞こえて、外を見ると西の空が赤く染まって、火の粉が散っているのが見えて……それから後はよく覚えていません。気が付いたら、人混みの中を平太を抱えて逃げていました。どこに逃げたらいいかもわからなくて、ともかく林町に帰らなければとそればかりを考えていました。でも、人がどんどん増えて、荷物が道を塞《ふさ》いでいたりもして……わたし、後ろから押されたんです。それで転んで、一瞬、目の前が真っ暗になりました。とても短い間ですが気を失っていたのです。誰かが抱え上げて道の端に運んでくれたのは覚えています。それで、それで……気が付いたとき、平太が、あの子がいなくなっていました。ずっと抱いていたのに、抱き締めていたのにいなくなって……」

お常の肩が震える。その震えが全身に伝わり、瘧《おこり》のように揺れ動く。

「お常」

弥之助が妻の手を強く握った。

「わたしたちは、平太を捜しました。それはもう必死になって捜しました。でも……無駄でした。どれほど手を尽くしても平太は見つからなかったのです。一年が経ち、二年が三年が過ぎて、もう、生きていない、諦めるしかないと考えるようになって……。父も母も気落ちしてか、急に老け込んでしまって、去年、相次いで亡くなりました」

「そうですか。ずい分とお辛い年月を過ごしてこられたのですねえ」

「……地獄でした」

弥之助が声を絞り出す。

「地獄のような日々でしたよ、えにし屋さん」

「でも、今、こうして息子さん捜しを頼みに来られている。それは、息子さんが生きているとの報せが入ったから、なのでしょうか」

そうとしか考えられない。身を焼くに似た辛い思い出は、全《すべ》て癒《いや》されることも、忘れ去ることもできないまま疼き続ける。それでも、人は疼きに慣れるものだ。何とか凌《しの》ぎきって生きていれば、疼きに慣れ、耐えられるようになる。凌ぎきれればだが。

そうやって、摂津屋の夫婦は耐えて、凌いできたのではないか。それが、また、子を捜すという。下手をすれば傷口を掻きむしり、新たな血を流す羽目になる。その血は、前に流した量より、遥《はる》かに多くなるかもしれないのだ。

厄介だ。これは、厄介極まりない。

「うちは醬油と味噌を商います。ですから味噌造り、醬油造りの職人を何人も抱えておりました。その内の一人に吉蔵《よしぞう》という者がおりまして、火事騒ぎが起こる一月ほど前にうちを辞めて、独り立ちをしていたのです。飯田町《いいだまち》のあたりに小体《こてい》の店を開いておりました。その吉蔵がうちにやってきて、平太らしい子を浅草寺の境内《けいだい》で見たと言うのです」

初は小さく唸《うな》りそうになった。

「ちょっと待ってくださいな。息子さんは行方知れずになったとき三歳だったのでしょう」

「はい」

「それから五年が経ったのなら、八つですよ。大人でも五年も経つと見た目がかなり変わります。まして、育ち盛りの子どもとなるとほとんど別人みたいになるんじゃないですか」

三歳と八歳。大変な開きがある。

「赤の他人が、見極めるのは無理があるでしょう」

弥之助が懐から紙包みを取り出す。

「吉蔵が言うのに、その子はこれを首から下げていたのだそうです」

手渡された紙包みを初は暫く見詰め、ゆっくりと開いていった。

「これは……迷子札」

林町一丁目、摂津屋が一子、平太
そう記された小さな木札だった。穴に紐《ひも》が通り、首から掛けられるようになっている。

「その字は親父《おやじ》のものです。親父が作った迷子札なんですよ。見覚えがあります。裏には摂津屋の暖簾紋《のれんもん》が焼き印されていて……。ええ、親父が平太のために、何枚も作ったやつの一つです。間違いありません」

「で、その子はどうしたんです」

「あっという間に、姿をくらましたそうです」

「どんな様子だったか尋ねましたか。着ている物とか言葉遣いとか」

「はい。吉蔵に言わせると、ずい分と貧しい身形をしていたそうです。言葉遣いも乱暴で、吉蔵がうっかり地面に落とした財布を横から盗み取ろうとしたとか……。捕まえようとしたら、急に腕に嚙みついてきて、吉蔵が怯んだ間に逃げてしまったのだそうです。で、逃げ出した跡に、この迷子札が落ちていたのを見つけ、仰天したのだと言うておりました」

迷子札を包み直し、初は息を吐き出した。

「でも、それは変ですよね。林町一丁目、摂津屋と記してあるのです。なぜ、顔を見せなかったのでしょう。仮に、その子が息子さんだとしても、三歳の子が五年も一人で生き延びていけたわけもなし、誰か大人が付いていたはずですよ。なのに、摂津屋さんに何の報せもしてこないなんて、ちょっとおかしかありませんか」

弥之助とお常が顔を見合わす。

「字が読めなかったのかもしれません。その子はもちろん、周りにいた大人も字が読めなかった。そう考えるのは違っておりましょうか」

違っているとは言い切れない。けれど、かなりの無理がある。摂津屋の夫婦は、我が子が生きているという望みに縋りたいのだ。細い細い糸だとわかっていながら、縋りつきたいのだ。だから、あれこれ、無理な思案をしてしまう。

「えにし屋さん、平太を……いえ、平太の迷子札を持っていた子を捜していただけないでしょうか。この通り、お願いいたします」

さっきと同じように、弥之助が低頭する。お常もさっきと同じく夫に倣った。

「えにし屋さんは縁を商うと、ご住職さまから聞いております。わたしどもと平太の、一度は切れた縁をもう一度、もう一度、結び直してくださいませ」

「その子を見つけたとして、息子さんである見込みは薄いですよ。とても薄い」

「わかっております。平太でなかったのならそれはそれで諦めがつきます。今のままでは、生殺しなのです。じわりじわりと首を絞められているような……諦めることさえ、できません。ですから、お願いします。どうか、この通り」

弥之助の額が畳を擦る。初はため息を呑み込んだ。

頭を下げて頼めば、何でも叶《かな》うってものじゃない。平伏しようが、土下座しようが、無理は無理。できぬことはできない。ただ……気にはなる。初の勘が、これは気にすべきだと告げる。このまま手放していい一件じゃないと囁く。

「息子さんは何か、手掛かりになるような印がありましたか。大きな黒子《ほくろ》とか目立つ痣《あざ》とか」

問うてしまった。勘に従えば、こうするしかない。

弥之助の面が明るむ。

「はい、ございます。首の後ろに桜の花びらに似た赤い痣がありました」

「桜の花びらの痣……。わかりました。やるだけはやってみましょう」

もう一度、ため息を呑み込んで、初は答えた。

四

やるだけはやってみる。

約束はしたものの、正直、心許《こころもと》なくはあった。

五年前、火事騒ぎのどさくさの最中《さなか》、行方知れずになった幼子《おさなご》。江戸で、その子を捜し出すことは、浜辺で一粒の砂金を見つけるに等しい。

まず、無理だ。

ただ、浅草寺は初の庭でもあった。ざわめきも、雑多な気配も、目眩むような賑わいも、賑わいの底に沈んだ悲哀も欲も、一途《いちず》な祈りも、季節や時とともに変わるものも変わらぬものも、この目で耳で鼻で肌で、心身の全てで受け止めて生きてきた。平太という子、あるいは平太と縁がある者が浅草寺界隈にいるのなら辿り着ける見込みは、皆無ではなくなる。

「まず、無理だ」

才蔵がぽんと投げ出すように告げた。

「摂津屋の件、早目に見切りをつけるが利口だぜ」

「そうかい」

「ふん。しらっと言うんじゃねえ。おめえだって、百も承知だろうが。お江戸で行方知れずの子を、しかも五年も前に消えちまった子を捜し出すなんざ、人の業の及ぶとこじゃねえよ」

「桜の花びらの痣って、手掛かりはあるぜ」

「そんなものが何の役に立つ？　摂津屋は花びらって言い方をしたが、ただの長円の痣だろうさ。大人ならまだしも、三つのガキだ。八つになりゃあ、首も伸びるし太くもなってる。痣なんざ、薄れて見えなくなっちまってるか、形が変わっちまってる見込みの方が遥《はる》かに高い。まあ、もっとも」

煙管を仕舞い、才蔵は肩を竦めた。

「首の後ろの火傷で誤魔化す気なら、何とかなるかもしれねえがな。摂津屋は生き別れた子を諦めたくねえんだ。諦めようとして諦めきれず、迷子札に飛びついた。今なら多少、胡散臭《うさんくさ》い話であっても信じるかもしれねえ。痣は火傷で隠れてしまったが、諸々調べ上げて、この子がおたくの平太に間違いない。そう言い切っちまえば、一も二もなく受け入れるのと違うか」

初は目を眇め、えにし屋の主を見やる。

「確かにな。信太なら年恰好《としかっこう》もぴったりだ。使えるかもしれねえ。けどそれじゃ、えにし屋の商いではなくなるぜ。ただの騙りだ。これまで築いてきた評判が、一夜にして崩れちまうかもしれねえんだぜ。摂津屋がどれほどの礼金を約束したのか、おれは知らねえが、えにし屋の評判と天秤《てんびん》にかけられるほどのものじゃなかろうぜ」

えにし屋は、油屋や魚屋とは違う。縁という形のない、目にも見えず、触れられもしないものを商うのだ。油や魚、青物や器なら良し悪《あ》しの目利きもできるだろう。料亭や飯屋なら、美味い、不味《まず》いと舌が答えてもくれるだろう。しかし、えにし屋ではそうはいかない。今でこそ評判を聞きつけて、客が次々と訪れる。断らざるを得ない例も多い。が、ここまで漕《こ》ぎ着けるには並大抵ではない苦労をした。そして、初の苦労など、才蔵の骨折りに比べれば半分にも足らない。えにし屋を、ここまでに育てたのは才蔵なのだ。その才蔵が、店の基を危うくするような道を選ぶはずがない。

「ふん、わかったような口を利きやがる」

鼻の先で嗤《わら》い、才蔵は戸口に向けて顎をしゃくった。

「じゃあ、何のために、信太ってガキを手なずけようとしてるんだ」

才蔵の声を遮るように、階下からまた、賑やかな声が響いてきた。

「おーっ、おまえ上手いじゃないかよ。きれいに書けてるぞ」

「ほんとに？　やったあ」

「わっ、筆を振り回すなって。壁や畳に墨が散ったら、お舟さんに怒鳴られるぞ。お舟さん、すっごい怖いんだからな。こんな顔して追いかけてくるぞ」

太郎丸が百眼《ひゃくまなこ》の真似事でもしたのか、信太がひときわ大きく、明るく笑い声をあげた。

「手なずけようなんて思ってねえさ」

「じゃなんだ。摂津屋絡みといいながら、あのガキを摂津屋の息子に仕立て上げる気はなく、情にほだされたわけでもねえ。むろん、気紛れなんかじゃねえな。だとしたら、どういう料簡でこの家に引き込んだ？」

「引き込んじゃいけなかったのか。字を習って喜んでるような子どもだぜ。別段、何の害もなかろうよ」

「害だの益だのって話をしてるんじゃねえさ。確かにガキ一人、うろちょろしたって目障りにもならねえよ。何か悪さをするようにも見えねえしな。おれが訝《いぶか》ってるのは、おめえの思案の中身さ。物乞いのガキと摂津屋とがどう結び付くと考えてんだ」

才蔵が問うように首を傾げた。真っすぐに初に向けられた眼差しは、尖ってはいない。心底から答えを聞きたがっている、そんな眼だ。

「思案というほどたいしたものじゃない。ただ、あいつ……読み書きを習って、いつの日か商いを始めたいみたいなことを言ったんだ」

才蔵は僅かに片眉を上げたが、それだけだった。

「みんなが笑っているみたいな商いがしたいってさ。記憶の中に、そういう場面があるみてえなんだよな」

「記憶？　客が笑っている店の記憶があると？」

「うーん、そうとはっきり言ったわけじゃないが……。ともかく、太郎丸が料理屋がいいとか、お舟さんまで美味しくて安い店にしろとか、軽く盛り上がったわけさ」

「ふむ、それで？」

「それで……」

我ながら歯切れが悪い。才蔵が再び、首を傾げた。どうしたと問うように、目を細める。

初は小さく息を吸った。才蔵を相手にして、体裁を取り繕う気はさらさらない。そんな無駄はしないが、この件に限ったことでなく、自分の心情や業体《ぎょうてい》をきちんと説き明かすのは、なかなかに難しいのだ。隠したいわけではないのに、ぴたりと言い表してくれる言の葉が見つからず、あるいは、自分でも自分の想いが摑み切れず、舌が滑らかに動いてくれなくなる。

吸った息を吐き出す。

「気になったんだ」

「うん？　気になっただと？」

「ああ、気になった。信太がなぜ、そんなことを口走ったのか。いや、口走りはしたが商い云々《うんぬん》というのは、急に思い立ったわけじゃねえだろう。きっと、ずうっと気持ちの内にあったんだろうさ。それが、ぽろりと零れた」

「だからどうしたってんだ。ぽろりと零れた話の何が気になった？　子どもなんてのは、あれになりたい、これになりたいって二六時中、ほざいてるもんだ。翌朝になったら、けろりと忘れて、別の何かになりたがったりする。そういうもんだろう」

大人は囚われ、囲われている。

身分という檻《おり》から抜け出し、なりたい何かになる。あり得ない夢でしかない。けれど、子どもは夢を見られる。現《うつつ》では叶わない夢を堂々と口にできる。もっとも、それも十歳あたりまでだろうが。江戸の子は十になるかならずで、自分を囲む檻に気が付くのだ。

「並の子ならば、そうかもな。けど、信太は物乞いをしている。並の子どものように夢なんて持つゆとりはねえだろう。その日その日を生きていくのに精一杯でな」

まあなぁと、才蔵は気のない受け答えをした。

「ぎりぎりで生きているやつが、しかも、ほんの子どもが、ずっと抱えていた望み。そこんとこが気になった。言っちまえばそれだけさ」

「それだけ？」

才蔵がくすりと笑う。

「それだけで済むわけがなかろうぜ。おれはな、あのガキと摂津屋がどう繋がるんだと尋ねてるんだ。いや、繋がるかどうかはわからねえな。ともかく、お初さんが、どう繋がると考えてるのか、そこを伺わせてもらいやしょうかね」

才蔵が胡坐を組み直す。じっくり聞くぜという姿勢だ。もとより、初に隠し通す気はない。いつ、どこで、何をどう話すか。その機会を見定めていただけだ。

相手が耳を傾けるつもりなら、存分に語ってもやる。

「お頭、摂津屋が二度目に訪ねてきた日のこと、覚えてるかい」

「ああ、むろんだ。ちょいと気が塞ぐやりとりだったな」

「……だな」


痣を手掛かりに、浅草寺境内や周辺にたむろしている子どもたちを探ってみた。無宿の子だけでなく、裏長屋や小屋掛け住いの者も含めて、虱潰《しらみつぶ》しにあたってみたのだ。何も出てこなかった。首に花びらの形の痣がある八つぐらいの子ども。当人はもとより、そういう子を見かけたり、知っている者は一人もいなかった。お礼の銭欲しさに、出まかせを言い募りはしても、一歩突っ込むと辻褄《つじつま》の合わない、その場逃れしか出てこなくなって誰もがすごすご引き下がってしまう。あるいは、とっとと逃げ出してしまう。

初が手にした事実は、平太らしき男の子は浅草寺にはいないだろうと、それだけのものでしかなかった。

伝えるべきものがほとんどなくても、伝えねばならない。請け負った以上、えにし屋は摂津屋の夫婦に責があるのだ。

「そうですか。やはり、駄目ですか」

摂津屋弥之助はがくりと肩を落とした。お常も深くうなだれている。

「ええ、力及ばず申し訳ありません。はっきりと言い切れはしませんが、迷子札を持っていた子どもが浅草寺界隈にいる見込みは薄いですね」

　弥之助が身を起こす。

「えにし屋さん、浅草寺でないとしたら、どこにいるとお考えでしょうか」

　返答に詰まった。火事騒ぎでごった返した通りで親とはぐれた三歳の子だ。生きている見込みは、極めて薄いだろう。そんなことは百も承知で、弥之助は縋ってきた。そして、初は受け止めた。ならば、容易《たやす》く諦めることはできない。

「お内儀さんと平太さんが生き別れたのは、佐賀町でしたね」

「あ、はい。そうでございますが」

　うなだれたままのお常に代わり、弥之助が答える。

「五年前です。当時の騒ぎを記憶している人は、まだ多くおられるでしょう。そこを頼りに探ってみようかと思います」

　そこで初めて、お常が顔を上げた。

「でも……あの、でも、火事の後、わたしたちは平太を捜しました。必死で、何日も何日も捜して回りました……でも、何もわからず仕舞いで……」

　震える声でそれだけ告げると、また、目を伏せてしまう。

「ええ、そうでしょうね。火事に巻き込まれたら、誰もが逃げるのに必死です。周りに気を配る余裕などないでしょうからねえ。でも、人の覚えってておかしなものでね、何を見たかなんて必死のときは忘れてしまっていても、落ち着いたらふっと思い出す。そういうことも、稀《まれ》にですがあるんです。本当に、稀ですけどね」

稀の上にも稀だ。しかし、一縷《いちる》の望みがないわけではない。

「お内儀さんが平太さんとはぐれた辺りから、じっくり調べてみましょう。もう一月、二月、ときをくださいな。何かあってても何もなくても、その由、お報せしますよ。あ、念のためですが、迷子石は確かめられましたよね」

「むろんです。何度も足を運びました」

江戸には迷子が多い。摂津屋の息子のように行方知れずになる者も、すぐに見つかる者も、数日経って帰ってくる者もさまざまだが、ともかく数は多い。だから、子どもは皆、迷子札を首から掛けている。そして、浅草寺や両国橋《りょうごくばし》の広小路といった人が集まり、行き交う場所には、迷子石とか迷子柱といった石柱が立てられているのだ。火事騒動だの祭りだのと大きな人群れができた場合に、仮に設《しつら》えられたりもした。

〝たづぬる方〟の面に捜している子の年齢や姿形、目立つ印などを、〝おしゆる方〟の面に迷子を預かっている者の住処《すみか》と迷子の様子を記した紙を貼《は》り付け、それを頼りに迷子の親を、迷子になった我が子を捜しだす。人の知恵の実りともいえるが、大抵、七日余りで取り去られてしまうし、雨風にさらされて貼紙が破れてしまうことも多い。

「……でも、駄目でした。平太は見つかりませんでした」

「そうですか。わかりました。ともかく、もう一踏ん張りいたしましょう。近いうちに佐賀町の方に出向いてみますよ」

初はわざと朗らかに声を響かせる。気を滅入《めい》らせても良いことは一つもない。落胆と歓喜の狭間であちこち揺れるのも、えにし屋の仕事の習《ならい》だ。もう駄目だ、ここまでだと諦めがつくまで、ともかく足掻いてみる。それしかない。だから、前を向いて朗らかに声を張る。

「どうか、よろしくお願いいたします」

弥之助が、続いてお常が深く低頭した。

「おれは隣の部屋で一部始終を聞いていたが、これは望み薄だとため息を吐いちまったぜ」

才蔵が苦く笑う。

「そういやあ、摂津屋と入れ違いみてえに、おみきと信太ってガキがやってきたんだったな」

「ああ。だから、おみきさんに林町一丁目の方を探ってもらうよう、頼んだ。おれ一人じゃ、手が回らねえからな」

「林町？　佐賀町じゃなくてか」

「そっちは、おれが回るつもりだ。この雨が止んだら、ちょいと念を入れて調べてみるさ」

「林町で何を調べるんだ？　今更、摂津屋の評判や内情なんざ知っても仕方あるめえ」

初は僅かに言い淀み、息を一つ、吐き出した。

「うん……。そうなんだ。おれも初めは、おみきさんに佐賀町に回ってもらうつもりで頼みごとをしたんだが、途中で気が変わって……」

才蔵の黒目が僅かに横に動いた。

「なるほど。その心変わりと信太ってガキが関わってるわけか」

「まあ……」

「らしくねえな、初。えらく歯切れが悪いじゃねえか」

「まあ、実のところ、おれもよくわからねえんだ。おみきさんには、五年より前、つまり平太が行方知れずになる以前の摂津屋の辺りを詳しく調べてくれと頼んだ。頼みはしたが、それが何かに繋がるのかどうか、ちゃんと解きほどけねえんだ。けど……」

「けど？」

「さっき、おみきさんが信太と一緒にやってきた」

「ああ、知ってる。信太だけ置いて、さっさと帰っていったな」

そこで、才蔵は口を窄めた。口の周りに無数の小じわが寄る。ただ、双眸《そうぼう》の強い光のせいか、老いては見えなかった。

「おみき、何かを摑んできたのか」

初の表情を窺うように、前屈みになる。

「小料理屋があったんだそうだ」

「は？　小料理屋？」

「ああ、摂津屋の数軒先に『美保屋《みほや》』とかいう小料理屋があったんだとよ」

才蔵は身体を元に戻し、それとわかるほどはっきりと眉を顰めた。

「それがどうしたってんだ？　林町一丁目にだって、小料理屋ぐれえあるだろうさ。佐賀町にだって深川元町《ふかがわもとまち》だって日本橋《にほんばし》の近くにだって、な。ここは江戸だ。小料理屋なんて星の数ほどあらあな。珍しくもなんともねえ」

その通りだ。大家、大尽を客とする高名な料亭から一膳五十文の商いをする飯屋、さらには屋台まで、江戸には様々な料理屋がある。ちょっとした料理に、客が望めば酒を付けて出す。そんな店など、どこを歩いても出くわすだろう。

「まだ詳しいことはわからねえが、その『美保屋』って店、安くて美味くて、なかなかの評判だったらしい。客が引きも切らず訪れて、かなり賑わっていたそうだ。でな、お頭、信太の記憶、誰もが笑っている楽し気な店の記憶と『美保屋』が重なるってのは、突拍子もない思案だろうか」

才蔵の眉間の皺が深くなる。

「初、おめえ、信太がその店の子じゃねえかと考えてんのか」

「あるいは『美保屋』の近くに住んでいて、店の様子とか気配とかを見て、感じていた。子ども心にも生き生きと楽し気な様子が伝わってきて」

「いいかげんにしろ」

才蔵が怒鳴った。さほど大きくはなかったが、険しくはあった。

「いつまで寝言をほざいてんだ。おめえの言ってることは、それこそ夢話だ。何の拠《よ》り所《どころ》もありゃあしねえ。馬鹿馬鹿しいにも程ってもんがあらあ」

初は右肩だけを軽く上げてみせた。

「えらく機嫌が悪いな、お頭。何かあったかい？」

才蔵はよくむっつりと押し黙り、声を掛けてもろくに返事をしないこともしばしばだ。そういうとき、この男は偏屈な老人そのものに見える。見えるだけで中身と一致するわけではない。相手によって愛想のいい大店の主人にも、好々爺《こうこうや》の隠居にも自在に様子を変えられるのだから外見と内側が重なるはずもないのだ。

才蔵が一見、偏屈な老人になるのは考え事に没頭しているからだ。と、そのあたりは十分に承知している。そして、機嫌が悪く苛つくのは、大半が芝居、残りは仕事の段取りが上手くいかず初に八つ当たりしているのだとも、心得ていた。

今はどうやら、八つ当たりのようだ。初を相手に芝居をしても意味はないだろう。

「ふん。あるのはあったさ。お見通しって顔をするんじゃねえよ」

「今は確か、『御蔵屋《みくらや》』の娘の縁談を纏《まと》めようとしているんだったな」

「ああ……」

才蔵の口がへの字に曲がる。

蔵前《くらまえ》の米問屋『御蔵屋』の娘は次の正月で二十二になる。一度、十八の年に同業の商家に嫁いだが二年足らずで離縁になった。身体が弱く、子ができにくいと医者に告げられたのが理由だったとか。離縁でよほど心が傷ついたのか、娘は奥の座敷にこもりがちになり、二年近くが経った今も、外に出ようとしない。気晴らしにと芝居見物や花見を勧めても、頑《かたく》なにかぶりを振るばかりだという。見かねた親がえにし屋に駆け込んできた。

このままでは、あまりに娘が不憫《ふびん》だ。何とか新たな嫁ぎ先を探して欲しいとの御蔵屋の頼みを才蔵は引き受けた。

えにし屋の仕事にしては、いたって楽だ。娘は十人並みの器量だが、心根は優しく素直で、その為人《ひととなり》を悪くいう者は一人もいなかった。かつての嫁ぎ先からさえ、惜しむ声があったほどだ。子を生《な》す、生さないではなく、相手の心根、気質を見極め、愛《いと》しめる。夫婦の暮らしを大切に守れる。女を子を産むだけの者だとみなさない。それぐらいの度量を持つ男を見つけてくればいい。

慎重で丁寧な仕事振りは入り用だが、ややこしくも剣呑《けんのん》でもない。

才蔵なら難なく熟せる類《たぐい》のものだ、と、今の今まで初は思っていた。

違うのか？

「初、悪いがな」

と、才蔵が息を吐き出す。

「摂津屋の一件に区切りがついたら、ちょいとこっちを助けてくれねえか」

「それは構わねえが、いったいどうしたってんだよ。どう見ても、お頭が難儀するような仕事じゃねえだろう」

「うむ。おれも初めはそう思っていたんだがな」

「そうじゃなかったと？　何かあったのか」

「御蔵屋の娘は、お藍《らん》ってんだが、その娘が縁談に乗り気じゃねえのさ」

初は軽く頷いた。その頷き一つで告げる。

そういうことか。まあある話だな。

お藍という女は、誰かと所帯を持つことを望んでいないのだ。嫁した商家で何があったかはわからないが、どこか他家の嫁になる行く末に見切りをつけている。かといって、いつまでも親の許で暮らすわけにも、部屋に閉じこもっているわけにもいかない。その狭間で悶々《もんもん》としているのだろう。が、親は新たな嫁入り先を探している。それが、娘の幸せだと信じて疑わない。女は嫁いで、子を産み育てるのが尋常な道なのだと思い込んでいる。

うんざりするし、行き場のない心持ちもする。しかし、親や世間の背負っている尋常な道を踏み外して生きる気概も持てない。やはり悶々だ。

お藍にとっては身を削られるような日々だろう。そういう娘を初は何人も知っている。えにし屋のような稼業に関わっていれば、決まりきった生き方からはみ出して苦しむ、はみ出そうとして足掻く女たちと無縁ではいられないのだ。

「違う」

才蔵が一言、低く言い切った。

「おめえが考えているような理由で、お藍はぐずってんじゃねえ」

息を一つ、吐いて続ける。

「お藍は良くも悪くも従順な、おとなしい性質《たち》のようだ。大切に育てられて、他人を疑うことも親に逆らうことも考えもしない。一度目の嫁入りだって、親の言うままだった。強く自分の想いを言い張るなんて、したくてもできないのさ。そういう女なんだよ。逢って、直に話してみたから、間違いねえ」

「それなら、どうして二度目の縁談を渋るんだ。御蔵屋はそれを望んでるんだろう。素直でおとなしいお嬢さまが急に言うことを聞かなくなった理由ってのは？」

「怯えている……みてえだった」

「怯えてる、何に？」

わからねえと、才蔵は首を横に振った。

「怯えていると本人が告げたわけじゃねえ。ただ、『もうどこにも嫁ぎたくないのです。できれば髪を下ろして、残りの日々を穏やかに過ごしたいと思っております』と言っただけだ」

「ちょっと待ってくれ。それって、今は穏やかに暮らせていないって風にもとれるな」

「そうよ。おれも、そこに引っ掛かってんだ。出戻りだ。いろいろ肩身の狭《せめ》え思いも、辛《つれ》えこともあるだろうさ。けど、御蔵屋の内でお藍が邪険に扱われた風はねえ。むしろ、周りは、少しでもお藍の心が晴れるようにといろいろ気遣ってるんだ。お藍は恵まれている。そして、本人もそのことを重々承知しているんだ。決して鈍い女じゃないからな」

「なのに、穏やかじゃないと言ったわけか？」

怯えて、穏やかな暮らしを願っている。

「直に聞いてみちゃあ、どうだ」

「聞いてはみたさ。『ご無礼ながら、お藍さんは、何かを怖がって閉じこもっておられるのでしょうか』ってな。しかし、お藍は、そんなことがあるはずがない。怖がるものなどない。今が幸せだから、もう一度嫁ぐ気にはならないのだと、その一点張りさ。むろん、全部、嘘だ。おれが尋ねたとたん、血の気が引いて青白い顔になったぐれえさ。口ではごまかしても、顔つきは正直に語っちまった。そんなところだろうぜ」

「ふーん、そりゃあ縁結びどころじゃねえな」

本心からであろうと、諦めからであろうと、当人にその気がなければ縁は結べない。相手への想い云々ではなく、誰かと縁を結ぶ覚悟がなければ無理なのだ。縁の糸はときに太綱より強力《ごうりき》で、ときに蜘蛛《くも》の糸より儚《はかな》い。

お藍は覚悟をするどころか、しゃがみ込んで一歩も前に進めない様子に思える。

「そうなのさ。どうも、その怯え方に合点がいかなくてな。何というか、気鬱《きうつ》から何もかもが怖いとか、勘違いをして一人芝居で怖がっているとかじゃなくて、心底から怯えている。生々しく怯えている。少なくとも、おれにはそう感じられたわけよ」

「わかった」

初は背筋を伸ばし、息を吐き出した。

「林町一丁目の方はおみきさんに任せて、もう少し探ってもらう。おれは佐賀町の調べが一段落したら、お頭の手助けに回ることにするさ。とりあえず、お藍とやらの先の嫁ぎ先を洗ってみようか」

「そうしてくれ。御蔵屋がやいのやいのと縁談を急かしてくる。おれはそっちにかかずらわなきゃならねえ。できれば段取りが整う前に、お藍の怯えを取り除いておきたいんだが……。まあ、探って何かが出てくる見込みは薄いかもしれねえが、どうにも気になってな」

「おれの気掛かりを寝言だの夢話だのくさしておいて、か」

にやりと笑ってみせると、才蔵は自分のこめかみを指差し同じように笑んだ。

「おれのカンには年季が入ってる。おめえのような若造とは違うさ」

「よく言うぜ。呆《あき》れちまうな」

初が今度は苦笑したとき、階段を上る軽やかな足音がして、太郎丸がひょいと覗いた。

「爺さま、初さん、ちょっといいかい」

妙に大人ぶった物言いをして、するりと部屋に入ってくる。

「どうした、師匠。もう手習いは終わったのか」

「初さんまで、そういうからかい方はしないで欲しいね」

太郎丸は唇を尖らせながら、数枚の半紙を差し出した。

「信太ってすげえんだ。字なんてほとんど知らないはずなのに、ちょっと教えただけで、ほらこれ。な、すごいだろう」

粗末な半紙の上には、仮名文字がぎっしりと収まっていた。初めのほうこそ、乱れもしているが次第に整い、終《しま》いの半紙には、きちんと文字が並んでいる。

「ほぉ、上手いな。たいしたもんだ」

「だろ。今度は読み書きの他に算盤も教えるんだ。ついでに、お舟さんが飯の炊き方や芋の煮方も伝授するって」

初は目を細め、信太の手跡を眺めた。

なかなかのものだ。この短い間に、ここまで辿り着いたのなら相当ではないか。

あぁと声を上げそうになった。

信太にどことなく拘ってしまう自分の心内に気が付いた。

信太には力があるのだ。周りを巻き込み、己も大きくなっていく力を感じてしまうのだ。

「ふーん」と才蔵が唸り、半紙を見詰める。

「まだ何とも言えねえが、案外、拾いものかもな、初」

「だな」

短く答える。拾いものかもしれない。しかし、胸内に微かな影が差すのはなぜだ。信太に秘めた才があるなら面白くもある。しかし、そこに妙な胸騒ぎが加わってきたのは……。

風が吹いて、雨音が強くなる。

暗くて寒い音だなと、初は声に出さず呟いた。

五

佐賀町に入ると潮の香が一段と強くなる。

大川《おおかわ》の河口に近いここは、大船の出入りにはうってつけの町だ。河岸には舟蔵が並び、材木問屋、米問屋、干鰯《ほしか》や魚油を扱う問屋などの大体《おおてい》の店《たな》が目立つ。火の見櫓《やぐら》の建つ広場には葦簀《よしず》張《ば》りの水茶屋、天ぷらや蕎麦を商う屋台が賑やかに客寄せをしていた。

摂津屋の縁者の家は、大店とまではいかないが小体でもなく、中堅どころの、手堅く商いを回している店。そんな風の薪炭屋《しんたんや》だった。

薪炭屋の河内屋《かわちや》といえば、そこそこの老舗《しにせ》なのだと、初に教えてくれたのは水茶屋の老婆だ。よく言えば、明るく気さくで人好きのする、悪く言えば口軽い老婆は、客が初一人で退屈していたせいなのか、生来のおしゃべりなのか、遠縁の娘の奉公口を探していると告げた初に近所の店々の評判をひとしきり話してくれた。聞けば、生まれも育ちも佐賀町で、十年前からこの場所で水茶屋を開いているという。他の水茶屋のように葦簀で囲った粗末なものではなく、腰高障子の戸が付き、二つ口の竈を備えた造りだ。亭主と二人で苦労してここまでにした店だと、老婆は得意げに語った。

こういう相手に出会えると、仕事がかなり楽になる。むろん、用心を忘れてはならない。話好きな者は、えてして、自分の話に酔いがちだ。本人に騙るつもりはなくとも、ついつい尾ひれを付けて話を膨らませてしまう。もっとおもしろく、もっと美しく、もっとおどろおどろしく語ろうとする。すればするほど語られるものは事実から遠ざかり、形を変えてしまうのだ。そのあたりを差し引いて、聞き、考える。そのコツも心構えも、えにし屋稼業の中で培ってきた。慢心はしないが、自信はある。

初はときに短い感嘆の詞《ことば》を挟み、ときに黙って耳を傾けた。この上ない聞き手を得て、老婆の舌は滑らかに回り続ける。よいころ合いで、初は控え目に言葉を挟んだ。

「なるほどねえ、商売にも向き不向きがありますものね。水茶屋の商いが天職だったってわけですねえ。ああ、そういえば、遠縁の娘の家ってのが炭を扱っていましてね。できれば、同じ商いの店が働きやすいかとも考えているんですよ。やはり商いの中身がある程度はわかっている方が働きやすいでしょうし、雇う方も利があるでしょうしね」

なみなみと茶の注がれた湯呑を手に、さりげなく告げたのだ。今日は薄柿《うすがき》色の縦縞《たてじま》の小袖《こそで》に幅広の帯を締めていた。河内屋と同じ程度、つまりほどほどのお店の内儀という出立《いでたち》だ。

「炭ですか。じゃあ、河内屋さんがよろしいかもしれませんねえ」

「河内屋さん？　この先にある薪炭屋さんですか」

「そうそう。河内屋さんは、そこそこの老舗でねえ。確か……今のご主人で三代目とか四代目とかのはずですよ。商売も手堅くて、信用できるって評判ですしねえ。奉公されるなら、そういうところが、いいんじゃないですか」

老婆が訳知り立てに言うのに、初は深く頷いて見せた。

「なるほど、そんなに評判のいいお店なら願ってもない奉公口になりますねえ。でも、奉公人を雇う気があるのかどうか確かめないといけませんね」

「ああ、それなら大丈夫じゃないですか。このところ、ご隠居さまが病がちとかで、臥《ふ》せることが多くなって人手が足らないのだと聞きましたよ。あっ、違いますよ。ご隠居さまの世話をする人が欲しいとかじゃなくてね」

老婆が染みの浮いた手を左右に振る。

「それは、お松《まつ》さんって古株の女中さんがやっているらしいです。二十年近く、河内屋さんに奉公してるとかでね、気働きができる人なんですよ。でもほら、お松さんが手をとられる分、どうしても賄い仕事に障りがでるでしょ。その穴埋めに人を探してるみたいですよ」

ご隠居さまというのは、五年前、還暦の祝いを催した当人だろうか。

「そのご隠居さま、お幾つぐらいの方なのですか」

「お年ですか……。さて、幾つぐらいでしょうねえ。あたしより、かなり上だと思うから、もう、ずい分なお年寄りのはずだけど……あっ、そうそう、思い出した」

老婆がぽんと手を叩く。

「何年か前にね、この辺りで火事があったんですよ。ええ、かなりの大きな火事でしたねえ。その日に確か還暦のお祝いをしていたってことだから……もう六十半ばくらいじゃないですか。ご長寿ですよね。ああ、でも、あの火事は怖かったわぁ」

老婆が息を吐き出し、眼差しを空に漂わせた。

獲物が掛かった手応《てごた》えを感じる。思いの外早く、釣り針に引っ掛かってきた。

初は束の間、水茶屋の出入り口に目をやった。

誰《だれ》も入ってくるなよ。

胸の内で願う。老婆の話をここで遮られたくない。風が出てきたのか、腰高障子がカタカタと鳴る。足元がこころなしか冷えてきたが、熱い茶のおかげか身体は温かい。

「火元がわりに近くてねえ。しかも、風が強かったし、夜の火事だったし……ええ、確か夜半過ぎの火事でしたよ。だからでしょうが、火の粉が夜空に散るのが見えて、ほんとに怖くて怖くて。お江戸ですから火事が珍しいわけじゃないけれど、夜の火事は化け物みたいに感じますよねえ。怖いとしか言いようがないです。火の粉の降ってくる下を逃げるなんて、命が幾らあっても足らないって思いましたね。もうあんな目には遭いたくないですよ。いえ、火事は昼間でも朝方でも、ご免こうむりたいですけど」

言葉に記憶が呼び起こされたのか、老婆は軽く身震いをした。

「あら、でもこの辺りは延焼を免れたのでは？　古いお家も残っているようですし」

「そうそう、そうなんですよ。途中で風向きが変わって、しかも雨まで降りだしてね。何とか消し止められたんですよ。うちの店も大方無事でした。これも仏さまのお加護だねえって、あたしが言ったら、亭主のやつ何て返したと思います。『お加護があるなら、端《はな》から火事騒動に巻き込まれたりするかよ』ですって。まったく、信心のない者は困りますよ」

「ほほ、笑ってはいけないけど、おもしろい御亭主ですね。それで、ご隠居さまってのは、その火事のときはご無事だったんでしょ」

「え？　あ、ご隠居さまね。ええ、大丈夫だったみたいですよ。河内屋さんは薪炭を扱っている分、火事には殊《こと》の外《ほか》用心をしておられましてね、裏手に立派な土蔵を建ててるんです。お家の方は、みな、そちらに逃げたと聞きましたよ。火が迫ってくるようなら、裏手から大川に逃れられるようになっているとかでね」

え？　思わず眉を寄せていた。

土蔵？　裏手から川に逃れる？

「裏手に船着き場を拵えてあるんですよ。猪牙舟《ちょきぶね》を用意してあって、いざとなったらそれで逃げるって段取りみたいですよ。でも、さすがに奉公人までは乗せられないから、家の者は先に逃がすんだそうですが」

おかしい。それは、おかしい。

初は口の中がざらつくような違和を覚えた。

障子戸が開いて客が二人、入ってきた。どちらも白髪交じりの老女だ。

「あらまっ、おいでなさいまし」

「お久しぶり。お茶とお饅頭、いただきますよ。お茶は熱めでお願い」

「はいはい、お好みは、ちゃんと心得ていますとも」

顔見知りらしく、やりとりの声が弾む。初は茶代を多めに払い、礼を言って店を出た。

おかしい。どうも解せない。

この前、お常はどう言った？

『火事だ』の声で目が覚めた。西の空が赤く染まって、火の粉が散っていた。

そう言った。そこまでは、わかる。訝しいところは、ない。しかし、その後は……。

気が付いたら、人混みの中を平太を抱えて逃げていました。

あれが真実だとしたら、お常は蔵の中ではなく、奉公人たちと一緒に外に逃げたということになる。それはなぜだ。

風が吹いて、土埃が立つ。冷えた風に通りを行く人々はみな、一様に背を丸めていた。そういう人たちに交じり、初は歩く。

慌てていたからか。奉公人と同格に扱われて外に逃げるよう告げられたからか。

いや、それはあるまいと、かぶりを振る。

それは、ない。河内屋より摂津屋の方が身代《しんだい》は上だ。還暦の祝いに呼んだのも、摂津屋との関わりを保ちたいが故だろう。幼子が注いだ酒云々は口実に過ぎない。河内屋は摂津屋のことを大切な親戚筋《しんせきすじ》とみなしている。

そういう相手の内儀を粗略に扱うわけがない。火の手が迫る中、騒ぎに紛れて河内屋の誰もがお常の事を忘れていたとも考え難い。

では、どうして？

初は足を止め、気息を整えた。河内屋が目の前にある。

確かめてみなければならない。確かめるためにどうするか。

ほんの一瞬、思案し、初は足を踏み出した。今回は、正面から行く。そう、決めた。腹が決まれば、決まったように動く。駄目なら引き下がり、次の一手を考えるのだ。

「ごめんくださいまし」

河内屋の中に入っていく。

広い土間には俵が積み上げられ、炭の香りが漂っていた。備長炭《びんちょうたん》と呼ばれる姥目樫《うばめがし》の炭は芳香を放ち邪気や悪臭を掃《はら》うそうだが、ここにある炭は櫟《くぬぎ》や楢《なら》の類らしく、それぞれの薪材の名が俵に貼り付けられていた。

帳面を手に俵を数えていた男が振り返り、瞬《まばた》きした。顎を引き、もう一度、目を瞬かせる。初は笑みを向け、軽く頭を下げた。

「お忙しいところをおそれいります。わたくし、えにし屋の初と申す者ですが」

「あ、はあ、えにし屋さんですか」

顔も鼻も目も丸い男は頬を赤らめ、空咳《からせき》をした。

「はい。実は林町の摂津屋さんに頼まれて、人捜しをしております。そのことで、少しお話を伺えないかと思い、不躾《ぶしつけ》にお邪魔致しました」

「摂津屋さんて、あの味噌問屋の……」

「はい。五年前のことでお尋ねしたいことがございまして。お取次ぎ願えますか」

男は寸の間、初を見詰める。それから、「暫くお待ちを」と言い置いて、奥に姿を消した。

初は土間の隅にさがり、それとなく店内を眺めてみる。

思いの外、活気があった。裏手から人足たちが俵を運び込み、薪材に合わせてそれぞれの場所に積んでいた。どの男たちも屈強な体軀《たいく》をしている。口元を手拭いで覆っているのは、炭の粉を吸い込まない用心のためらしい。

なるほど、裏手にあるという船着き場は、荷揚げのための場でもあったのだ。いや、むしろ、それが主だろう。大川を使い、舟で荷物を運び込む。あるいは、運び出す。火事のさいの逃げ道として使うのは、飽くまで副に過ぎないわけだ。

「どうぞ、こちらへ。旦那さまが逢われるそうです」

さっきの男が寄ってきて、聞き取りにくいほどの小声で告げた。


通されたのは、奥まった一室だった。

掃除が行き届き、こざっぱりした小座敷だ。客間に通すほどではないが、ぞんざいにも扱わない。そういうところだろうか。

河内屋の主人、河内屋彦衛門《ひこえもん》は、ほどなく姿を現した。四十絡みの長身で、太い眉にがっしりした顎を持つ、およそ商人らしからぬ精悍《せいかん》な面構えの男だった。しかし、物腰は柔らかく、控えめでさえあった。媚茶《こびちゃ》の縞の小袖に竹《たけ》色の羽織を着こなしている。通と呼ぶほど粋ではないが、崩れのない、上品な出立だ。

「えにし屋のお初さんとおっしゃいましたかな。失礼ながら、初めて聞くお名のようですが」

「はい、初めて御目文字《おめもじ》いたします。約定もないまままかりこしました。お許しください」

指をつき、女の仕草で低頭する。

「摂津屋さんからの頼みとか聞きましたが、どのようなご用件でしょうかな」

「はい、実は……」

えにし屋の商いについて、摂津屋の頼み事について、ここにきた経緯《いきさつ》について、初はほぼ隠し事なく伝えた。ただ、水茶屋の老婆から仕入れた話は端折《はしょ》った。河内屋の周辺を嗅ぎ回っていると胡散《うさん》がられたら、面倒だ。

「なんと……そうですか」

彦衛門が息を吐き出す。

「摂津屋さんは、まだ、あの子のことを捜しているのですか」

「はい。迷子札を下げた子を浅草寺で見た。吉蔵さんという職人の、その言葉が真実なら、平太は生きているのではないか、生きているのなら何としても見つけたいと、そのようにおっしゃっています」

低く唸り、彦衛門は腕を組んだ。

「わたしも人の親ですから、摂津屋さんのお気持ちは痛いほどわかります。亡骸《なきがら》もないのですから、親としては諦めきれないものでしょう。ただ……」

「ただ？」

「こういう言い方をすると、薄情なやつと思われるかもしれませんが、平太坊が帰ってくる見込みは万に一つもありますまい」

「河内屋さんは、そう思われますか」

「思います」

「既に亡くなっていると？」

「もし、生きているのなら、とっくに帰ってきているのではないでしょうか。平太坊は利発な子でわりにはっきりと、自分のことを『林町の摂津屋の平太』と言えました。身許《みもと》を伝えられたのです。迷子札も首から下げているわけですし、誰かが送り届けてくれるのではないでしょうかねえ。それがないということは……」

彦衛門が唇を結ぶ。口元が僅かに歪んだ。同意を示すように、初は首肯する。

「ええ、わたくしもそのように考えました。火事で行方《ゆくかた》知れずになった子の生きている見込みは、正直、とても低いでしょうし。まして、まだ三歳の童《わらべ》が生き延びられたとは、とても思えません。非情な言い方ですけどねえ。でも、もしかしたらと考え直し、僅かな望みを感じたのです」

「と、言いますと」

彦衛門が身を乗り出してくる。

「もしかしたら、平太ちゃんは生きていても帰ることができないのじゃないかと」

精悍な顔の中で、眉が顰められる。

「どういう意味ですかな、えにし屋さん」

「つまり、誰かが平太ちゃんを親元に返さず、育てている。その見込みもないわけじゃありませんよね」

前のめりになっていた身体を起こし、彦衛門はさらに眉間の皺を深くした。

「それは、つまり、あの夜、迷子になった平太坊を助けた誰かが、そのまま我が子として育てていると、そう言っておられるので?」

「我が子ではないかもしれません。子売り、子買いを生業にしている者もおりますからね」

渋面のまま、彦衛門は初を見据える。それから、すっと目を逸らした。

「それはそれで惨《むご》い話ではありますな。どちらにしても、平太坊は帰ってこない……」

逞《たくま》しく張った頤が震えたように見えた。

「今でも考えます。あの日の祝いに平太坊とお常さんを呼ばなければ、あの日に親父の還暦の祝いをしなければ、二人が火事に巻き込まれることも、平太坊が行方知れずになることもなかったんだと……」

「それは、河内屋さんの罪ではございませんでしょう。いわば、定め。未来《さき》のことを見通せる者などおりませんからね。摂津屋さんも、責めたりはなさらなかったはずですよ」

「ええ、こちらを責めるようなことなど一言も……。それがかえって、申し訳なくて辛くて、居たたまれない心持ちにもなりまして……」

彦衛門がうなだれたとき、遠くから子どもの笑い声が聞こえてきた。

「姉さま、姉さま、待ってよ」

「待たないよ、ほら、捕まえてごらんよ」

鬼遊びでもしているのだろうか、二つの声が絡まり合って響く。子どもらしい、澄んで愛らしい声音だ。

「お子さまですか」

「ええ、女の子が二人、おりまして。あのように賑やかで、お恥ずかしい限りです」

「子どもの声がすると邪悪なものが寄り付けないと申しますでしょう。このお家は、きっと邪《よこしま》なものから守られておられますよ。お幾つなのですか」

「九つと四つの女の子二人に、この春、生まれました男の子がおります」

初の思案の網に、河内屋の主人の一言が引っ掛かった。

九つと四つ……。

「わたしは子宝に恵まれました。ですから、余計に摂津屋さんに申し訳ない心持ちになるのですよ。平太坊が生きていたら、お清《きよ》……上の娘とほぼ同い年になるわけですし……」

生きていたら、か。なるほど、この男の中では摂津屋の倅は、もう生きちゃいねえわけだ。

「それやこれやで、あの火事の日以来、摂津屋さんとも縁遠くなってしまいました。ほんとに、考えても詮無《せんな》いことですが、あの火事さえなかったらと今でも考えてしまいます」

「詮無いことを考えてしまうのが人ってものですからねえ。ところで、河内屋さん、お常さんはどうして、蔵に逃げ込まなかったんですか」

とん。一息に、要に踏み込む。彦衛門が顔を上げた。唇が一文字に結ばれる。

「いえね、この辺りでは火事のとき、土蔵に逃げ込み、さらに危ないようなら裏手から川に逃れると聞いておりましてね。こちらのお店も、立派な土蔵や船着き場も拵えておられますよね。船着き場は普段は荷の上げ下ろしに使われているのでしょう」

さも見てきたような台詞《せりふ》だが、実際にはまだ見届けていない。後で、この眼で確かめてみなければならないだろう。

「あの夜、お家の方は土蔵に逃げられたのじゃありませんか。火事の騒ぎを考えれば、大通りを逃げるより土蔵から川へ逃げた方が、賢明にも思えます。なのに、お常さんは平太ちゃんを抱いて通りに飛び出し、結句、ああいう目に遭ってしまった。どうして、そんなことになってしまったのでしょう」

彦衛門がうなだれる。膝の上で、両の指が固く握り締められた。

「それは……、それは……」

握りこぶしが小刻みに震えた。それを不意に開き、彦衛門は膝の前についた。額を畳にこすり付けんばかりに、低くする。

「申し訳ない。本当に申し訳ない」

「まあ、河内屋さん、どうなさったのですか。どうぞ、お顔をお上げくださいな。そんな真似をされたら、わたくしが困ります。いったい、何を謝っておられるのです」

「忘れて……忘れておりました」

「え、忘れた？」

「はい。あの夜、お常さんがお泊りだったことを……失念していたのです」

「え？　まあ、それは……」

初はわざと、語尾を震わせ、戸惑いの色を出す。

「忘れていたって、河内屋さん、もう少し詳しくお聞かせくださいますか。あ、その前に、そんな土下座のような真似は止めてくださいな。まともにお話ができませんよ」

これは本音だ。こうも畏まられてしまうと、ろくなやりとりができなくなる。それでは困るのだ。できる限り、しゃべってもらわねばならない。そのために、ここに座っている。

彦衛門がゆっくりと身体を起こした。しかし、眼は伏せたままだ。顔立ちとはちぐはぐのどこか気弱な気配が漂う。

「忘れていたというのは、文字通り、お常さんのことが頭になかったという意味ですか」

「……はい。もう、今更、隠し立てをしても始まりませんから、全てをお話しします」

丹田に力を込めたのか、彦衛門の背筋が伸びた。

「あの夜、半鐘の音に叩き起こされて、寝所を飛び出すと西の空が赤く染まっていました。わたしは奉公人たちに逃げるように指図し、女房とお清を抱えるようにして、土蔵に連れて行ったのです。それから、親父とおふくろの所に飛んでいきました。おふくろは足が悪くて、歩くのがやっとという有り様ですので一人では逃げることなどできないのです。おふくろを負ぶい、親父を励まして、何とか土蔵に辿り着きました。そのころは庭にも火の粉が落ちてくるようになっておりました。ただ、その日は備長炭をかなりの量仕入れて、土間に積んだままにしていたのです。それが焼けて灰になれば、うちは大層な損害を被ることになります。何より、炭に火が付けば、炎の勢いをさらに強くするはめにもなりかねません。それで、奉公人の男たちが力を合わせて、炭俵を土蔵に運び込んでくれました。むろん、わたしも必死に運びましたよ。俵を担いで夢中になって……。で、全てを運び終わって初めて……、初めて、そのときに……お常さんのことを思い出したのです」

そこで、彦衛門は唾を呑み込み、身体を僅かに縮めた。

「お常さんは、母屋の客間に泊っていただいておりました。表庭に面した部屋です。慌てて、様子を見に行きましたが、部屋には誰もいなくて……」

「お常さんは既に、外に逃げ出した後だったわけですね」

「そうです。女中たちには早めに逃げるように申し伝えておりましたから、お常さんも一緒に逃げていたのです。お常さんにとっては佐賀町はそう馴染みのある所ではございません。どこを、どう逃げればいいのか見当がつかなかったでしょう。まして、幼い子を抱えているのです。思うように動けなくて、それで……それで、あんなことに……。思い返すたびに悔いが湧き上がってきます。どうして、俵を運ぶ前にお常さんに声を掛けなかったのか、あらかじめ火事のときは土蔵に逃げ込むように伝えておかなかったのか、悔いばかりです。火事なんていつ何時、起こるのかわからない、いつ起こっても不思議ではないのに……」

「でも、火はなんとか消し止められたのですね。このお家が焼けることはなかった」

「はい。風の向きが変わって、雨も降りだして、難を逃れました。でも、平太坊は行方知れずになり、帰ってくることはなかったのです」

「帰ってくるかもしれません。亡くなったと決まったわけじゃございませんからね」

わざと硬い、冷えた物言いをする。彦衛門が真正面から、初の眼を覗き込んだ。

「えにし屋さんは、平太坊が生きていると信じておられるのですか」

「生きているとも死んでいるとも言い切れない。そう申しているのです」

「もし、もし生きていて何らかの理由で摂津屋さんの許に帰ってこられないとしたら、平太坊を見つけ出す自信がおありなのでしょうか」

初は薪炭屋の主を見返し、静かに答えた。

「えにし屋は一度、引き受けた仕事を途中で投げ出したりはいたしません。五年前に行方知れずになった平太という子どもが今、どうなっているか。できる限り調べ上げ、摂津屋さんにお報せいたします。それが摂津屋さんの望みに沿わなくとも、真実を探り出してみせます」

部屋の中が静まり返る。子どもの声も風の音も失《う》せて、重いほどの静けさに満たされる。

「これは、何とも」

不意に彦衛門の口元が緩んだ。張り詰めた表情が崩れる。

「えにし屋とは、まことに奇妙なお商売ですなあ」

そう言った口調は楽しげでさえあった。

そのとき、重い足音がして障子に影が差した。

「旦那さま、よろしいでしょうか。ちょっとご相談が」

掠れて低いけれど、女の声だった。かなり年を経た声だ。

「うん？　今、客人と話をしているのだ。後にしなさい」

「あ、はい。でも、ご隠居さまが旦那さまに伝えたいことがあるので、すぐに寝所に来るようにと仰《おっしゃ》っておいでなのですが」

「お松、客人だと言っているだろう。わたしは手が離せないのだ。親父の世話はおまえに任せてあるのだから、上手く取り計らいなさい」

お松？　隠居の世話をしている古参の女中か。

初は腰を浮かせた。

「いえ、もうこれ以上、お手間は取らせません。すっかりお邪魔してしまいました。そろそろ、失礼させていただきます。河内屋さん、今日はお話を聞かせてくださり、本当にありがとうございました。でも、河内屋さんにとっては言い辛いことまで聞き出してしまったようで、どうか、ご寛恕《かんじょ》くださいませね」

「あ、いえ、とんでもない。こちらこそ、えにし屋さんに話を聞いていただいて、何だかこのあたりが」

彦衛門が自分の胸の上をすっと撫でる。

「少し軽くなったような気がいたしますよ。ずっと、ここにわだかまっていたものが少しだけ、吐き出せたような……。いえ、それで、わたしの過ちが軽くなったわけではないと、まして消えるはずもないと、わかってはおりますが」

「河内屋さん、口幅ったいことを申しますが、ご自分を責めても良いことは何もありませんよ。五年前、河内屋さんが過ちを犯したと言い切れる者など、どこにもおりません。火事があったのも、騒ぎに紛れお常さんのことを一時、失念していたのも、河内屋さんの過ちではありませんでしょう。摂津屋さんだって、そこはよくわかっておいでです。河内屋さんを怨《うら》むようなことは一言も口にされませんでしたよ」

彦衛門がまた、目を伏せた。肩を窄め、うつむく。

「お優しい言葉、身に染みます」

「ところで、河内屋さん」

竹色の羽織の背中を見下ろし、初は少しばかり口調を砕いた。

「もう一つだけ聞きたいことがあるんですよ」

見上げてきたまなざしを捉《とら》え、目を細める。その目を障子に向けた。廊下に畏まった黒い影が映っている。歪な岩のように見えなくもない。

「上の娘さん、お清さんですか、あの方は九つとおっしゃいましたね」

「ええ……次の正月で十になります」

「ならば、どうして、ご隠居さまのお祝いに平太ちゃんを呼んだのですか」

「は？　え、何のことです。娘の歳《とし》と平太坊がどう繋がりますか」

黒い影がもぞりと動いた。岩ではなく人の影だと示しているかのように。

「還暦の祝いに平太ちゃんを呼んだのは、幼い子の注ぐ酒を飲めば長寿を約束される。だから、宴《うたげ》の場でご隠居に酌《しゃく》をする役を担って欲しい。そういう理由でしたね。でも、河内屋には当時、四つになるお清さんがおられた。なのに、なぜ、わざわざ平太ちゃんを？　お清さんの酌では駄目だったのですか」

「はい、お清では駄目でした」

間髪を容《い》れず、返事があった。

「酌をする役は、男の子でなければならなかったのです。女の子は使えません」

「まあ、そうなのですか。そんな習わしがあったなんて存じませんでした」

「初代河内屋彦衛門が常陸《ひたち》だか下総《しもうさ》だかの出で、そのあたりの習わしのようですが」

「一つ利口になりました。お礼申し上げます。では」

障子を開ける。大柄な女が座っていた。白髪が目立ち、疲れた眼をしている。醜くはないが、陰気な気配を纏っているせいか見ているとこちらの気持ちまで沈むようだ。

「お松さん、ですね」

初が名を呼ぶと、お松は目を見開き、頭を下げた。それが返事のようだ。

近いうちに、あんたからも話を聞かせてもらうぜ。

初は心内で呟き、会釈を返した。

六

北からの風が吹いて、脚を伝って冷えが這《は》い上がってくる。空は晴れて、日差しが降り注いでいるというのに、この寒さだ。

陽光が北風に押し負けてしまう。そういう季節になろうとしていた。

「ふーん、還暦の祝いの子ども酒なあ。おれは若えころ、常陸《ひたち》にも下総《しもうさ》にも暫《しばら》く厄介になっていたが、聞いた覚えはねえな」

才蔵《さいぞう》がぽかりと煙を吐き出した。今日は自分の部屋なので、好きに煙草《たばこ》をふかしている。初《はつ》は顔を顰《しか》め、横を向いた。脂臭《やにくさ》くなるのは、ごめんだ。伝えるべきことを伝えて、とっとと退散するに限る。初の忌む気配を感じたのかどうか、才蔵は長火鉢の縁《へり》に雁首《がんくび》を打ち付け、火のついた煙草を捨てた。

ほっとする。

「まあ、よくよく調べなきゃはっきりしねえが、ともかく、おまえは河内屋《かわちや》が還暦の祝いに摂津《せっつ》屋《や》の女房と倅《せがれ》を呼んだ、そこのところが気に掛かるってわけだな」

「お常《つね》が平太《へいた》を連れて出掛けていったのもな。摂津屋と河内屋は、そう近しい親戚筋《しんせきすじ》じゃねえ。遠縁の隠居の祝いに、お内儀自らが出向くかね。番頭なり手代なり名代を立てりゃ済む話だ。子どもを注《つ》ぎ手になんて申し出も断る気がありゃあ、どのようにも断れただろうさ」

「なるほどな。しかし、摂津屋は断らなかった。なぜだ」

「そこらあたり、一度、摂津屋に直《じか》に聞いてみるつもりだ。その他にも、いろいろと引っ掛かるところもあるしな。けど、お頭が常陸や下総にいたとは初耳だぜ。何をやってたんだ」

「そんなこたぁ、おまえに一分の関わりもねえさ。で、その他の引っ掛かるってのは、どのあたりだ」

才蔵がそれとなく話を逸《そ》らす。語りたくないというのなら、そこまでだ。古傷にわざと触れて喜ぶほど、幼くも野暮でもない。

「お常に蔵のことを報《しら》せなかったって、ところさ。火事の折に忘れていたってのは、さらにいただけねえ。自分の店より身代《しんだい》の大きな親戚筋のお内儀。しかも、こちらから頭を下げて招いた客人だぜ。そんな粗略な扱いをするかどうか」

「確かにな。河内屋の誰《だれ》もがお常を気にしなかったってのは、妙だな」

「妙だろ」

火皿の空になった煙管《きせる》を仕舞い込み、才蔵は口元を引き締めた。

初が河内屋をおとなってから、五日が過ぎていた。その五日の間に、江戸の季節は晩秋から冬真っただ中へと大きく歩を進めたようだ。

長火鉢には熾火《おきび》が入れられ、手をかざすと仄《ほの》かな熱を伝えてくる。この数日、才蔵は行方《ゆくえ》知れずになっていた。今朝になって、ひどく疲れた顔つきで帰ってきたのだ。おそらく、あの御蔵屋《みくらや》の縁談絡みで走り回っているのだろう。才蔵が何日か家を空けるのは珍しくないが、町方の縁談探しにここまで難儀するのは稀《まれ》だ。何かあるのかもしれない。

しかし、今は自分の仕事を熟《こな》すときだ。そこは初も才蔵もよく心得ている。ただ、えにし屋の主《あるじ》である才蔵には、目下、進んでいる仕事の中身をある程度まで報せておかねばならない。どこまで話すかは初の裁量次第だが。

才蔵が一眠りして起き出してきた下午《かご》、初は才蔵に河内屋とのやりとりのあらましを語った。聞き終えて、才蔵は妙だと言ったのだ。それから、

「お松《まつ》って女中が気になるな」

と、呟《つぶや》いた。眇《すがめ》で初を見やり、にやりと笑った。

「おまえのこったから、もう、当たってはみたんだろう」

「ああ、昨日、買い物に出てきたのを上手《うま》いこと捕まえられた。性根のしゃんとした、なかなかにできた女だったぜ。ずい分と助けてもらった」

才蔵は笑みを消し、表情を引き締めた。

「引き出せるものが、あったのか」

「かなりな」

初も真顔になる。長火鉢の炭が臙脂《えんじ》色の火花を散らした。


「お松さん」

と、声を掛けると、お松は振り向き微《かす》かに眉《まゆ》を寄せた。お初の顔を覚えていたようだ。

「この前、お邪魔しましたえにし屋の初です」

「……ええ、わかりますが、わたしに何か？」

お松は明らかに用心していた。不審な者を見る眼《め》つきで、いかにも迷惑げな様子で、初を拒もうとする。

『河内屋』から少し離れた、中ノ橋《なかのはし》の袂《たもと》だった。三日に一度、お松が隠居の薬を処方してもらうために、橋向こうの医者の許《もと》に通っているのは調べてある。

「いえね、ご隠居さまの看病、ご苦労だと思いましてねえ」

「え？」

「もともと我儘《わがまま》な方だったそうですね。病人になってからますます手に負えなくなっているのと違います？」

お松が瞬《まばた》きする。口元がもぞりと動いたけれど、何も言おうとしない。

「あ、あれこれ詮索《せんさく》するようでごめんなさいね。これ、水茶屋のお婆《ばあ》さんから聞いたんですよ。お松さんみたいな辛抱強い人だから、何とかもっているんだって」

これは真実だ。あの水茶屋の老婆は実に重宝で、町内のうわさ話から茶屋内での揉《も》め事、各店の評判まで、実によくしゃべってくれた。どれが真実か紛《まが》い物か選《よ》り分けは入り用だったが、お松が働き者で、苦労人だということは確かなようだ。薪炭屋《しんたんや》の隠居が昔から気難しく、我儘な人柄であるという言葉も信じて差し支えないだろう。

「あたしだったら、あんな隠居の世話なんて真っ平ですね。ええ、うちの店にもたまにお出《い》でになってましたけどね。まあ、茶の味が悪いの、菓子が不味《まず》いのって文句ばっかり。できるなら、蹴《け》っ飛ばしてやりたいって何度も思いましたよ。ご隠居の世話をするようになってから、お松さん、めっきり痩《や》せたし、老けたしねえ。そうそう、裏木戸の処《ところ》でしゃがみ込んで泣いていたって、聞きましたけど。ほんと気の毒ですよね。お松さんみたいな辛抱強い人じゃないと、とても務まらないでしょうね」

木戸云々《うんぬん》のくだりは眉唾物《まゆつばもの》だが、お松の苦労を老婆はいたく憐《あわ》れんでいるようだった。

「あの、失礼ですけれど、これを」

小さな包みを手渡す。お松が顎《あご》を引いた。

「浅草寺《せんそうじ》近くに評判の団子屋さんがあるんです。そこの草団子がとても美味《おい》しくて、あたし好物なんです。ぜひ召し上がってみてくださいな」

「草団子……」

「お嫌いですか」

「いえ、好きです。でも、どうして、あたしなんかに？」

「お松さんがとてもがんばっていらっしゃるからですよ。あたしは年寄りの世話なんかしたことがないので、お松さんの苦労がわかるわけもないのですが、でも、黙々とご隠居さまのために働いておられて、その立派さはわかります。頭が下がりますよ」

これも本音だ。初の調べた限りでは、隠居の世話はお松一人に任せられている。河内屋の夫婦は隠居が臥している座敷を、たまにしか覗《のぞ》かないようだ。

お松の頬《ほお》が仄かに赤らんだ。

「ありがとうございます。でも立派だなんて、そんなこと言ってもらえるような者じゃありません。あたし、二親にも亭主にも早くに死に別れて、子どももいないし、頼れる者は誰もいないんです。だから、あの、『河内屋』より他に行くところがない身の上なんですよ。それで、辛《つら》くても、何があっても踏ん張るしかなくて……」

お松の口からため息が漏れた。

「踏ん張るしかないから踏ん張る。口で言うのは容易《たやす》いですけどね、そうできる人ばかりは、いないでしょ。世を拗《す》ねたり、誰かを怨《うら》んだり、真面目《まじめ》に暮らしていくのを諦《あきら》めたり……そうやって辛さから逃れようとする者は大勢おりますよ。でも、お松さんは、そうはしなかった。ちゃんと踏ん張って生きている。立派じゃないですか」

お松の心を開かせて、少しでも多くの事実を聞き出したい。そんな下心があったのは否めない。

算盤尽《そろばんずく》で近づいたのだ。しかし、お松に掛けた言葉は本心だ。踏ん張って生きるためには、それだけの心構えと踏ん張り切る力がいる。お松は二つともを持っているのだ。立派と称するに値するではないか。

「そんな風に言ってもらったこと、一度もありませんでした。何だか嬉《うれ》しいような、恥ずかしいような……でも、本当のところは辛いばっかりじゃないんですよ。ご隠居さま、このところ、めっきり弱られて、手はかかるけど前みたいに怒鳴ったり、癇癪《かんしゃく》を起こしたりが少なくなりましたから。大奥さまが昨年、亡くなられてから、余計にがっくりきちゃったみたいで……今の旦那《だんな》さまとは、あまり上手くいってないようですが、大奥さまとはわりに仲の良い御夫婦でしたからね。きっとお淋《さび》しいのでしょうよ」

「あら、河内屋さんとの親子仲はよろしくないのですか」

「そうですねえ、悪いというか冷えているというか。わたしが奉公にあがったころには、『おとっつぁん、おとっつぁん』て、よく商いの相談とかしておられたようなのですがね。それが、いつくらいからか旦那さまは、あまりご隠居さまに構いたくないと、そんな感じになって……あ、でも、どうでしょう。父親と息子って、母と娘みたいにべたべたしないもんでしょうからね。女からすると冷たく見えるのかもしれません」

お松が曖昧《あいまい》に誤魔化そうとする。しゃべり過ぎたと気付いたらしい。ここで口をつぐまれては、些《いささ》か困る。初は、一歩、踏み込んだ。

「お松さん、実はあなたにお聞きしたいことがあるんですよ。あの火事の夜のことなんですけれど。お松さんも、むろん、逃げましたよね」

やや性急な口調で、話を詰めていく。お松は瞬きし、少し後退《あとずさ》りした。

「ええ、逃げました。火の粉が降ってきましたから、怖くて……」

「逃げるのは当たり前です。逃げなきゃ命に係《かか》わりますからね。それで、奉公人の方はみんな外に逃げたんですか。蔵ではなく外に」

「はい。番頭さんを除いて、奉公人は外に逃げるように言われておりましたから」

「お常さん、摂津屋のお内儀さんも外に逃げたそうですが、正直、あたしはそこのところが合点がいかなくてねえ。大切なお客でしょ。いくら慌てていたからって、もう少し、丁寧な扱いをするんじゃないでしょうか。呼びに行くとか、様子を確かめるとかして蔵へ導くってのが本筋でしょう。火急のときだからこそ余計にねえ」

「いなかったんですよ」

お松が心持ち、顎を上げる。本来の気の強さが、目元に見て取れた。

「いなかった？　お常さんがですか」

「そうです。あたし、摂津屋のお内儀さんの寝所まで行ったんです。お助けしなくちゃいけないと思ったものですから」

「それは河内屋さんに言われて、ですか」

「いいえ、とっさにあたしが考えたことです。寝所は奥にありましたから、もしかしたら、騒ぎに気付いていないかもしれないって。もし、逃げ遅れでもしたら大事ですから」

なるほど、確かに良い奉公人だ。平常の折ならまだしも、火事騒ぎの最中に誰に命じられたわけでもなく、そこまで気が回り、かつ動ける。たいしたものだ。

が、今はそこに感心している場合ではなかった。お松は、それこそ大事の一端を明かそうとしているのかもしれない。

「でも、寝所にお常さんはいなかったんですね」

「はい、誰もいなくて、あの、もぬけの殻とでも言うんですか、ええ、ほんとに誰もいなかったんです。しかも、夜具はきちんと畳まれていたんですよ」

「夜具が畳まれていた？　では、お常さんは半鐘の音に飛び起きて、慌てて逃げ出したってわけじゃなかったのかしらね」

「さあ、そこは何とも……。実際、お内儀さんは外に逃げ出していたわけですからねえ。慌てながらも、身についた習いで夜具を畳んだんでしょうかね。あ、あたし、そろそろ行かないと。帰りが遅くなると、ご隠居さまの機嫌が悪くなるので。あの、草団子、ありがとうございました。ご隠居さま、餡子《あんこ》が好きなので一緒にご馳走《ちそう》になります」

「あ、あ、お松さん、もう少しだけ」

背を向けかけたお松を引き留める。もう少し、あと少し、聞きたいことができた。

「あの日、ご隠居さまのお祝いの日、何か変わったことはありませんでしたか。どんな些細《ささい》な事でも構わないのですが、気が付いたことはありませんか」

お松が首を傾《かし》げる。ややあって、口を開いた。

「格別に何も……もう、五年も前のことですし、火事騒ぎがあったりして細かなことは頭から吹っ飛んでしまって……。あ、でも」

「何かありました？」

「還暦の宴《うたげ》が始まるちょっと前です。旦那さまが手代さんに人相の悪い男たちがうろついているから、夜の戸締りはちゃんとしておけと仰《おつしや》ってました。その手代さん、身体《からだ》が大きくて炭俵なんて二俵も三俵も運べるほどの剛力なんです。念のために、お店の周りを見廻《みまわ》ったみたいですよ」

「まあ、破落戸《ごろつき》でも、うろついていたんでしょうかね。でも、あの辺りはそんな物騒な土地柄じゃありませんよねえ」

「はい。手堅いお店が並んでいますし、破落戸やならず者がたむろする場所なんてありません。でも、あの日の一月ほど前に、町内の大きな米問屋に押し込みがあったんですよ。うちとは離れてはいましたが、主人夫婦が殺されてお金を盗まれるって、惨《むご》い事件でした。それで、旦那さまも少し用心されたんじゃないでしょうか。あたしも聞いてて、心の臓がどきどきして苦しくなりましたもの。でも、その夜には、人より火事の方がよほど怖いって思い知ることになったんですけどね。あ、ほんとに遅くなると困りますから、これで」

お松は一礼すると、思いの外、素早い動きで遠ざかっていった。

「人より火事の方が怖い？　さて、それはどうかな」

粗末な縞小袖《しまこそで》の背中を見送り、初は独り言《ひとりご》ちた。

初の話を聞き終えても、才蔵は何も言わなかった。暫く黙り込み、物思いにふけっている。風が運んでくるのか、浅草寺の賑《にぎ》わいが肌に感じられた。うだるように暑くても、凍える程寒くても、浅草寺は賑やかだ。いつもいつも、人と人の気配で満ちている。

江戸はいい。浅草《あさくさ》はいい。人でも物でも、何でもかんでも呑《の》み込んでしまう。身分も、為人《ひととなり》も、家柄も、来《こ》し方《かた》も、出自も何ら意味を持たない。どんな者でも生きていけるし、どんな者も容易く滅びてしまう。

おれは、ここじゃねえと生きられねえ。

ふと思うことがある。

度々ではない。ほんのたまに、だ。

男の身体でありながら女の形《なり》をして暮らす。そんな日々に違和を感じなくなって久しい。自分を異形とも歪《いびつ》とも感じない。むしろ、何に囚《とら》われることもなく己一己《おのれいっこ》に沿って生きられるような、心身が解き放たれるような快ささえ覚えてしまう。

ここでしか生きられない。ここでなら生きていける。

「どうも、ちぐはぐだな」

才蔵が口を開いた。初は初なりの取り留めない想《おも》いに浸っていたから、応じるのが遅れた。

「え、ちぐはぐ？」

炭が威勢のいい音を立てて熾《お》きる。これといった飾りのない才蔵の部屋で、火花の色だけが鮮やかだった。才蔵が舌打ちの音を立てた。

「ちぐはぐじゃねえか。どうにも、収まりが悪いぜ」

「ああ、だな。一つ一つはさほどのことはないが、二つ、三つと集まると妙にちぐはぐしてくるな。替り絵みてえだ」

鶴《つる》に見えたものが亀《かめ》に、花のはずが女の後ろ姿に。

折り方や畳み方次第で、まるで別の絵が現れる。

もぬけの殻だった部屋、畳まれた夜具、破落戸紛いの男たち、還暦の祝い、『河内屋』の娘たち、火事騒動、行方知れずになった男の子、迷子札……。

頭の中でさまざまな札が乱舞する。

才蔵の言う通りだ。収まりが悪い。札はばらばらのまま、一つに纏《まと》まろうとしない。

何かが足らない。どこかが欠けている。

「お頭、どうやらこの一件、火事で行方知れずになった子どもが生きているかもしれない。生き死にを確かめ、万に一つでも生きている見込みがあるのなら捜し出して欲しい。そんなわかり易《やす》いもんじゃねえかもしれねえな」

「ふむ。見方を変えると別の絵が現れるって寸法か」

「そんな気がするぜ。その絵とやら、子を捜さずにはいられない親心なんて綺麗《きれい》な色合いをしてねえ気がしてきたのさ。どうもな、ちょいと臭《にお》うぜ」

「嫌な色合い、嫌な臭い、か」

才蔵は鼻先を動かし、小さく唸《うな》った。

「あまり儲《もう》けにゃ繫《つな》がらねえな。えにし屋の商いとしちゃあ、旨味《うまみ》は少ないかもしれねえ」

独り言に近い呟きだった。

「おれのカンだがな、こりゃあ厄介な手間ばかり多いわりに、金にならねえ。そういう類《たぐい》の仕事になりそうだぜ、初」

今度は、はっきりと初に向かってそう言うと、才蔵は口元を歪《ゆが》めた。初は答える。

「さてどうかな。まだこれからのことだ。終わってみなきゃわからねえさ。それに儲けがどうあろうと、えにし屋が一度引き受けた仕事を途中で放《ほう》り出すわけにはいくまいよ」

「そりゃあそうだ」

才蔵があっさり肯《うべな》った。

「引き受けたからには、きちんとケリをつけるさ。ケリがついた後、どんな絵になろうと、どんな臭いがしようと、おれたちには手を出せねえ。出す気もねえ。それだけのこった。だからな、初、あまり深入りするなよ」

「おれが深入りして、身動きがとれなくなるとでも？」

「そんな心配はしてねえよ。ただ、厄介な手間ばかりの仕事ってのは往々にして剣吞《けんのん》だ。で、おまえときたら、厄介な手間が、つまり謎《なぞ》解き仕事が好物ときてる。摂津屋の一件が、ただの人捜しに終わらねえと踏んだとたん、眼つきが変わったぜ。見た目通りの絵よりも、替り絵や騙《だま》し絵の方に余程そそられる。それが、おまえの本性さ。悪かねぇ。むしろ、そういう性質《たち》は、えにし屋の商いには向いてるだろうよ。だけどな、そこが高じるといろいろと……あぁ、やはり心配してるのかもな。初、嫌な臭いがするってのは本当だぜ。おれの鼻は伊達《だて》についてんじゃねえからな。あまり前のめりになって、首を突っ込み過ぎるな」

「あぁ、心に留めとくよ」

けどな、お頭。突っ込めるところまで突っ込まねえと、何も手に入らねえ。そういうこともあるんじゃないのか。

心内で告げ、腰を上げる。それを待っていたかのように障子《しょうじ》の向こうから、お舟《ふね》が初を呼んだ。いつもより控え目ではあるが、よく通る、落ち着いて逞《たくま》しい声音だ。

「お初さん、お初さん。ちょっといいですか」

「あいよ。今、行きます」

才蔵に形ばかりの会釈をして、部屋を出る。廊下の端、台所の土間に立ち、お舟が手招きをしている。笑っていなかった。黒目を横に動かし、そっちに向かって顎をしゃくる。

誰かいるのか？

しかし、今日、客との約束はない。それに、客なら台所に回ったりはしないだろう。

「どうしたのさ。誰か訪ね人かい」

お舟の眼差《まなざ》しの先に、小さな子どもが身を縮めるように立っていた。

「おや、信太《しんた》じゃないか」

とっさに格子窓から覗く空に目をやっていた。

晴れている。寒くはあるが、雨は降っていない。今日は、手習いの日にはならない。師匠《ししょう》である太郎丸《たろうまる》も、まだ帰ってきていなかった。

信太が顔を上げ、小さく息を吐いた。

よかった。お初さんに逢《あ》えた。

そんな安堵《あんど》の声が聞こえてきそうな吐息であり、顔つきだった。裏を返せば、それだけ気を張っていたわけだ。信太の眼には縋《すが》るような色が浮かんでいた。お舟が才蔵の部屋にいる初をわざわざ呼んだのも、信太の様子にただならぬものを感じたからだろう。

「どうしたんだい。何かあったのかい。お舟さん、この子に何か温かい物を」

「承知しました」

お舟は頷《うなず》き、竈《かまど》にかかっている鍋《なべ》の蓋《ふた》を取った。芳醇《ほうじゅん》な香りが漂う。

「信太、こっちへおいで。ここに座って、お話しよ。あたしに用事があって来たんだろう」

「そうです。ごめんなさい……」

「なんで謝るのさ。おまえ、あたしに謝らなきゃいけないような真似《まね》をしたのかい」

「行っちゃ駄目だって、おみきさんに言われてて……、手習いに通うのは、お初さんが許してくれたからいいけど、それより他のことで、ここに来ちゃあ駄目だって何度も、何度も言われててて……。あの、お初さんたちはみんな親切だから、読み書きに通わせてくれてるけど、その親切にだらだら甘えちゃいけない。分を弁《わきま》えるんだと言われたので……」

信太の口調が次第にぼやけてくる。言い付けを破った重みに沈んでいくようだ。

「なるほどね。おみきさんらしい筋の通し方だねえ」

「いいですね。あたしは筋の通った人は好きですよ。信用できますからね」

お舟が、盆に湯気の立つ椀《わん》を載せてきた。

「ほら、ちょうど粕汁《かすじる》を作ってるとこだったんだ。おあがり。温まるよ」

信太の頬が僅《わず》かに赤らむ。そして、腹がぎゅるぎゅると派手に鳴った。今朝から、ろくな物を口にしていないのだ。季節と人の心がどう繋がっているのか、いないのか、初には窺《うかが》い知れないが、花の咲く陽気なころには緩みがちな財布の紐《ひも》が、凍て風が吹き始めると固くなると聞いた。物乞《ものご》いに施す気持ちも強張《こわば》るのかもしれない。他人の情けに縋って生きる者にとって、これからの日々はさらに厳しく、さらに辛くなる。

信太は生唾を呑み込んだが、椀を取ろうとはしなかった。

お舟が首を傾げる。戸惑った眼つきを初に向ける。初は手を伸ばし、信太の腕を握った。枯枝よりややマシなほどの太さしかなかった。

「信太、いいんだよ。黙ってなくて、いいんだ。おまえがここに来たのは食べ物が欲しかったわけじゃないんだろ。それなら、おみきさんの言い付けを破ってまで覗いたりはしないさね。もっと大事なことがあったんだね。どうしても、あたしに伝えなきゃいけないことがあったんだね」

話しかけながら、鼓動が早まるのを感じた。寒いのに汗が滲《にじ》む。嫌な、とても嫌な汗だ。嫌な鼓動だ。才蔵の言った嫌な臭いに重なるのだろうか。些か、焦る。

「信太、しゃんとおし。言わなきゃならないことがあるなら、ちゃんと言うんだ。おまえは、そのためにここにいるんだろう」

初の叱咤《しった》に、信太がひくっと身体を震わせた。それから、息を整え真正面から初を見据えてくる。汚れた顔の中で双眸《そうぼう》が強く張り詰めた。先刻の縋るような気配が失《う》せていく。

おや、こいつ、いい面構えをしてるじゃないか。

寸の間、思った。信太がこぶしを握り、口を開く。

「おみきさんがいなくなった。お初さん、おみきさんが……帰ってこないんだ」

「おみきさんが帰ってこない？　どういうことだい」

眉を寄せる。背後で微かな煙草の香りが揺れた。

「まずは、汁を飲め。それから落ち着いて知ってることを全部、しゃべるんだ」

才蔵が短く命じる。粕汁の湯気を吸い込み、信太が唇を噛《か》み締めた。


このところ、おみきさんは忙しい。

えにし屋さんから頼まれた仕事があるからだ。と、そこまでは信太にもわかる。その仕事の中身については、とんとわからない。おみきさんは何も語らないし、尋ねるものではないと信太も心得ている。仕事なので、えにし屋さんからは働きに応じた銭が渡されているらしい。それがどれくらいなのか、これも信太の知らないことだ。ただ、かなりの額らしく、このところ朝と夕の二食は、きちんと食べられるようになった。朝も夕も、重湯に近い粥《かゆ》や菜《な》屑《くず》や芋の入った雑炊《ぞうすい》ばかりだが、そこそこ腹が満たされるぐらいの量があった。前のように、腹が減って眠れないなんてことが、なくなったのだ。一昨日《おととい》は、雑炊の中に卵が入っていた。夢のように美味しかった。

信太は一口一口、噛み締めて食べた。

「おみきさんが稼いでくれたおかげですよ。ありがたいこと」

真明尼《しんみように》さまが手を合わせる。色褪《あ》せた法衣《ほうえ》を腰紐で結び、破れた頭巾《ずきん》で頭を覆っている。信太たちとあまり変わらないみすぼらしい格好だ。でも、声には張りがあり、美しい。真明尼さまの読経《どきよう》はいつまでも聞いていられる。言葉の意味など解せないのに、心地よくて、気持ちが安らぐのだ。その美しい声で礼を言われ、手を合わせられ、おみきさんは頰を染めた。いやいやをするように首を横に振る。

「あたしじゃありませんよ、真明尼さま。えにし屋さんが心付けを弾んでくれたし、ちょこちょこ御足《おあし》をくださるんです。お礼なら、えにし屋さんに言わなきゃ」

「けれど、それは、おみきさんがえにし屋さんのために働いているからでしょう。もちろん、えにし屋さんはありがたいけれど、おみきさんが働いてくださればこそですからね」

「そんな、行き場のないあたしを助けてくれたのは真明尼さまじゃありませんか。ちょっとでも、お役に立てたなら嬉しい限りですよ。ええ、がんばりますよ。ますますがんばって、役目を果たさなきゃねえ」

決意を示すように、おみきさんが指を握り込み、こぶしを作った。

その言葉通り、おみきさんは、物乞いの場所に座ることがますます少なくなり、朝からどこかに出かけ、夕刻まで帰ってこない日が続いたりもした。

今日は久しぶりに昼前から、浅草寺で菰《こも》を敷いて信太と並んで物乞い稼業をしていたのだ。赤ん坊は連れていない。夕方から、また、出掛けるつもりだったのだろう。

「信太、ずっと一人にさせて悪いけどさ、踏ん張っておくれよね」

「うん、大丈夫。平気だよ」

本当は心細かった。しかし、おみきさんも真明尼さまも他のみんなも、がんばっている。ならば、信太もやれることをやらなくてはいけない。生きるとは、そういうことだ。今、自分にできるぎりぎりを為《な》す。そうやって生き延びていくのだ。

「ほんとに平気かい」

おみきさんが、信太の顔を覗き込んでくる。

「ほんとに、ほんとに平気。一人で何だってできるし」

信太は息を呑んだ。おみきさんの後ろを商人風の男が通ったのだ。何かしゃべりながら過ぎていく。軽い世間話をしている風ではなかった。周りを見る余裕もないほど懸命に何かを話している。道端に座っている物乞いなど、まるで目に入っていない。

身体が固まった。口の中がみるみる渇いていく。

「うん？　どうかしたのかい？」

「あの男、おいらを蹴飛ばした……」

女と二人連れだった商人だ。お恵みをと乞うたとたん、死ぬほど蹴り上げられた。容赦なく力を振るったあの男だ。間違いない。今日も女連れだった。身形からして、この前とは違う相手のようだが顔はよく見えない。俯《うつむ》いているみたいだ。

おみきさんが振り返る。立ち上がり、男の横顔に目をやった。

「あの男が、おまえを酷《ひど》い目に遭《あ》わせたのかい」

「うん。顔を覚えてた。すごい怖かったから、忘れてない」

「そうかい、わかったよ。おまえは、もう少しここで商売をしてな。あたしはちょいと、留守にするよ。万が一、帰ってこなかったら、いつもの刻《とき》で店仕舞いにしな。あ、莚は丁寧に丸めて片付けるんだよ。あたしの分も頼むね。ま、一刻（約二時間）ばかりで戻ってくるけどね」

どこに行くの？　と尋ねる間もなかった。

おみきさんが行き交う人々の中に紛れる。あの男の後を付けていくのだろうか。

信太は一人、流れていく人々を見詰める。

胸騒ぎが止まらなかった。


「それで、おみきさんは帰ってこなかったんだね」

「うん、一刻過ぎたのに戻ってこなくて……心配で、どうしたらいいかわからなくて、気が付いたらここに来てた……」

「そうかい。わかったよ。よく報せに来てくれたね。でも、そんなに心配しなくても大丈夫さ。いろいろ頼みごとをしてるから、おみきさんが走り回ってくれてるんだよ。さ、後はあたしたちに任せて粕汁をおあがり。お舟さんの粕汁は天下一品なんだからさ」

わざと軽やかに言う。信太がほんの少し、笑んだ。板場の隅に座り粕汁をすすると、笑みはさらに広がった。

「お頭、どう思う」

信太に聞こえないように、才蔵の耳元に囁《ささや》く。

「どうもこうも、騒ぐほどのことじゃねえだろう。まだ、日は明るい。おみきがうろうろしていても、おかしかねえぜ。たっぷり渡してんだ。それに見合った働きをと張り切ってるだけじゃねえのか」

「だろうな。けど、張り切り過ぎると足をすくわれもする。それに、おみきさんが後を付けたって男が気になる。どうして、そいつの後を付けようと思ったのか……」

信太を酷な目に遭わせたから仇《かたき》を……なんてわけがない。そんな真似をしても何の得にもならないと、おみきなら百も承知だ。

では、何のために。

雲が出てきたのか、日が翳《かげ》った。周りが急に薄暗くなる。

嫌な汗。嫌な鼓動。嫌な臭い。

「岡《おか》っ引《ぴ》きの親分さんに、話を通しておく。何かがあったときに報せてもらえるようにな」

才蔵が羽織を摑《つか》み、土間に降りる。「お出かけですか、行ってらっしゃいませ」とお舟が送り出す。日は翳ったままだ。台所はまだ、薄暗い。

竈の炎が、ゆらりと揺らめいた。

七

雷が鳴った。

真夜中だ。

重く尾を引いて、天鼓《てんこ》が消える。

初は寝床から起き上がり、雨戸を僅かに開けてみた。とたん、雷光が走る。

葉を半ば落とした木立、風にしなる裸枝たち、その向こうに微かに望める甍《いらか》……。一瞬だが、夜の風景が白く浮き上がる。ややあって、次の雷鳴がとどろいた。

春先の雷は田起しを促すと聞いたが、冬が始まろうかという今、この季節外れの雷は何をそそのかしているのか。

雨戸を閉じ、初は気息を整える。

閉じたばかりの雨戸が風に微かな音を立てた。


雷が連れてきたのは凍えだったのか、吐く息が白いほど寒い朝になった。

その男が裏口から顔を出したのは、えにし屋の面々の朝餉《あさげ》が終わりかけていた頃《ころ》だ。味噌汁《みそしる》と飯、漬物に炙《あぶ》った鯵《あじ》の干物。それだけの膳《ぜん》だったが、汁も飯も温かく、お舟自慢の大根の糠漬《ぬかづ》けも美味《うま》かった。十分に馳走と呼べる。

「お舟さん、もしご飯が余ってるなら、握り飯にしてくれる」

いつになく、太郎丸が遠慮がちな物言いをした。

「余ってないよ。昼にも夕にも、おまんまは食べなきゃいけないからね」

お舟はいつもどおり、ぴしりと言い切る。その後、目を眇《すが》めて太郎丸を見やった。

「でもまあ、信太が来るようなら一つ、二つ、握っといてやるさ。けど、わざわざ届けるまでのことは、ないからね」

「え……届けちゃ駄目なの」

「駄目ですよ。そりゃあね、太郎ちゃんがずっと信太の面倒を見られるなら、毎日、おまんまを恵んでやれるならそうすりゃあいいよ。けど、ずっと、なんて無理だろ」

「うん、それは……」

「信太は、これから先も自分の力で生きていかなきゃならないんだ。だから、半端にお情けを掛けるのはお止《や》め。信太が太郎ちゃんを頼りにして、ずっと握り飯を貰《もら》えるって思い込んだら、かえってかわいそうなことになるよ」

お舟の言葉に暫く黙り込んでいた太郎丸は、顔を上げ「でもね」と、言った。

「でもね、お舟さん。ずっとは無理でも、今日だけでも握り飯を持って行ってやったら、信太は食い物にありつけるってことだろ。そしたら、そのときだけでも腹が満たされるわけで、それって、ずっと腹を空《す》かせているよりいいんじゃない。信太はきっと、おれを頼りにしたりしないよ。自分の力で生きていくよ。だから、たまに握り飯を渡してもいいと思うけど」

「太郎ちゃんは、そう思ってるのかい」

「思ってる。信太は握り飯を食って、またがんばって、次は自分で食い物を手に入れるって。あいつは、他人を頼り続けるようなやつじゃないよ」

「ふーん、そうかい。まぁお師匠さまがそこまで言うなら、間違いないだろうね」

お舟は釜《かま》の飯を器に移すと、塩壺《しおつぼ》を取り出した。

「じゃあ、二つ、三つ握ってあげるよ」

「やったぁ。ありがとう、お舟さん」

お舟と太郎丸、親子ほどにも年の離れた二人のやりとりを聞きながら、才蔵が笑う。珍しく楽しげな笑顔だった。

「はは、あいつらなかなかに深い話をしてるじゃねえか」

「まったくだ。他人への情けの掛け方、他人からの情けの受け方。とんでもなく難しい。それを二人とも、ちゃんと知ってるんだ。たいしたもんさ」

初も笑む。才蔵が軽く肩を竦《すく》めた。その眼が、不意に尖《とが》った。その理由がすぐに呑み込めた。気配が伝わってくる。剣呑ではないが柔らかくもない。素人のものではなかった。

「太郎丸、お舟さん、こっちへ」

初が、竈近くにいる二人を呼んだのと、勝手口が開いたのは同時だった。とっさにお舟が太郎丸を背後に庇《かば》う。お初は腰を浮かせた。

「ほい、ごめんなさいよ。お邪魔しますよ」

妙に間延びした声で挨拶《あいさつ》し、男が一人、入ってきた。

日に焼け込んだ烏金《うきん》に近い肌色をしている。小柄で貧弱といってもいい身体だが、眼つきにも身熟《みごな》しにも隙《すき》がない。

「えにし屋の旦那はいるかね」

男が言い終わらないうちに、才蔵は立ち上がっていた。慌てる風もなく、しかし、いつもより素早い動きで男に近づく。身を屈《かが》めた才蔵の耳元に、男が何かを囁いた。

「お初さん」

太郎丸が初ににじり寄ってくる。子どもらしからぬ曇った顔つきになっていた。

太郎丸は時折、こんな表情を浮かべる。

用心しているのだ。用心しなければならないと、わかっているのだ。

この世は穴ぼこだらけだ。うかうかしているとすぐに足を取られる。今、笑っていても、幸せであっても、一瞬で暗転し奈落《ならく》に落ちる。そして、這い上がるのは至難でも、転がり落ちるのはあっと言う間だ。それが人の世というものだ。

骨身に染みている。だから、用心する。どんなに用心してもし過ぎることはない。

「何かあったのかな。爺《じい》さま、嫌な顔してる」

嫌な顔ではなく、渋い顔だろう。しかし、そんなことはどうでもいい。男に耳打ちされて、才蔵の顔つきが強張《こわば》ったのは事実だ。僅かな強張りを初はむろんだが、太郎丸も見逃さなかった。

お舟だけが、何事もないように飯を握り続けている。

才蔵が何かを問うたのか、男が首を捻《ひね》る。そういうやりとりの後、才蔵は懐《ふところ》から財布を取り出した。

「そうですか。わざわざ、ご苦労さんでした。親分さんにもよろしく伝えてくださいな。この先もよろしくお願いします、とね」

商家の主人の仕草で男に銭を渡す。男は軽く頭を下げて、朝の光に溶け込むように外へと消えた。勝手口の戸が音もなく閉まる。

才蔵と初の視線が絡まった。

え……まさか。

胸の奥が騒ぎ、初は指を固く握り込んだ。

才蔵がゆっくりと首肯した。

ああ、そうだ。おまえの考えている通りだ。

「どうしたの。何があったの」

太郎丸が甲高く叫ぶ。お舟が握り飯を手にしたまま、振り返った。

「おみきが死んだそうだ」

えにし屋の台所が静まり返る。庭で遊ぶ雀《すずめ》の鼠鳴《ねずな》きが聞こえるほどだ。

「今朝早く、どこぞの神社の境内《けいだい》に転がっていたのを宮司が見つけたってことだ」

「殺されたのか」

「胸と背中をそれぞれ一突きされてたらしい。おそらく、逃げようとして背中を刺され、止《とど》めに胸をぐさりとやられたってとこだろう。どちらも、かなり深い傷だったそうだから、初めの一突きで絶命していたはずだと、親分は見立てたとよ」

「……下手人は」

才蔵がかぶりを振る。膳の前に戻り、胡坐《あぐら》をかいた。湯呑《ゆのみ》を摑んだものの、中身の茶を飲もうとはしなかった。白い大振りの器を睨《にら》むように、見詰める。

「まだ目星もついていねえようだ。捕まる見込みはほとんどねえだろう。血が傷のわりには広がってねえこと、足跡や争った跡が見当たらなかったことで、殺《や》られたのは夜半の雨の前、本降りになる前だろうって、わかってるのはそれぐれえさ」

つまり、ほとんど何もわかっていないに等しい。

「宮司がいたなら、何か気が付いたことがあるんじゃないか。悲鳴を聞いたとか、何刻《なんどき》までは死体などなかったとか」

「おれも、それを金治《きんじ》、さっきの男だ。岡っ引きの手下の一人でなかなかに役に立つ。その金治に問うてみたさ。ところが、その神社には普段は宮司はいねえとよ。小さな社なんで、宮司は掛け持ちで四、五日に一度ぐれえしかやって来ない。今朝はたまたま顔を出し、おみきの死体を見つけたって顚末《てんまつ》だ」

「人気のない神社か」

「そうさ、物乞いの目障りな者を始末するにはうってつけの場所だ。そして、物乞いの女が殺されようと野垂れ死にしてようと、役人は気にも掛けまいさ。おみきは浅草寺を縄張りにしていたから、親分が顔を見知っていた。早々に身許《みもと》も割れたわけだ。そうなると後は、宝幸院《ほうこういん》に遺体を下げ渡すぐれえのことしか、しやしねえさ。江戸では毎日、人が死んでるんだ。町同心も忙しいのさ」

本気で下手人探索には乗り出さない。そういうことか。

「ただ、頭のいかれた野郎が面白半分に物乞いを殺したとしたら、些か厄介だと思っているらしい。次の殺しが懸念されるとよ」

「それが役人の考えか」

「だろうな。岡っ引きの親分も、怪しげなやつがうろついていないか目を光らせろと命じられたらしいからよ。町内ごとにお触れを出すそうだぜ」

初は低く唸っていた。

それでは下手人の探索は、おみき本人から離れ、見当違いの方向に進んでしまう。

「お頭、違うぜ。おみきさんはいかれた野郎に、たまたま出くわして殺されたんじゃねえ。おみきさんだから、殺されたんだ」

「ああ、わかっている。とすれば、おみきが追いかけていったという男が肝だな」

「そうだ。そして、おみきさんは摂津屋の周りを探っていた。おれが頼んだんだ。仕事としてな。平太って子のことも含めて、五年前の摂津屋の家族がどんな風だったか探ってくれと頼んだ。その挙句……」

おみきを死に導いた。甘く見過ぎたのだ。人を、現《うつつ》を甘く見過ぎ、油断していた。

とんでもないしくじりをやっちまったな。

奥歯を噛み締める。ぎりぎりと重い音が頭の中に響く。

「信太はどうなるの」

太郎丸が不意に口を挟んできた。言葉だけでなく、初と才蔵の間に身体を割り込ませる。

「初さん、爺さま。ねえ、おみきさんがいなくなったら信太はどうなるの」

「変わりゃしねえよ」

才蔵が吐き捨てるような物言いをした。

「前と同じだ。浅草寺で物乞いを続けるさ。そうしないと、生きていけないからな。まあ、おみきがいないとなりゃあ、一人でがんばるしかなかろうが」

「おみきさんは、信太には大切な人だったんだよ」

太郎丸が泣き声になる。

「おっかさんもおとっつぁんもいないんだよ。おみきさんが一番近くにいる人だったんだよ。おっかさんじゃないけど、信太は頼りにしてたんだ。おれ、わかるんだ。信太が今、どんな気持ちでいるか、わかる」

太郎丸の両眼に涙が盛り上がる。それは滑らかな頬を伝い、顎の先から滴った。

「おれだって、もし……もし、初さんや爺さまやお舟さんが死んだら、一人ぼっちになったら怖くて、淋しくて……どうしていいかわからなくなっちまうよ」

「馬鹿野郎、縁起でもないこと言うんじゃねえ」

叱《しか》りつけたけれど、才蔵の口調は柔らかだった。

「おれたちがそう容易くくたばったりするかよ。それに、太郎丸、おまえさっき言ったばかりじゃねえか。信太は誰も頼らないで生きていけるとな」

「そ、そりゃあそうだけど。でも、今は……今は、信太、辛いと思う。とっても辛いと」

初は屈み込み、太郎丸の頭を撫《な》でた。

「太郎丸、今から、宝幸院までひとっ走りしな。信太をここに連れて来るんだ」

太郎丸が瞬きする。涙が滴《しずく》になって、目尻《めじり》から零《こぼ》れた。

「おい、初。お舟の言い分じゃねえが、余計な情けは誰のためにもならねえぜ」

才蔵がそれとわかるほど、口元を歪《ゆが》めた。

「違うぜ、お頭」

初は真《ま》っ直《す》ぐに立ち、頭《こうべ》を横に振った。

「おれは情や酔狂で、信太を呼ぶんじゃない。あいつから詳しく話を聞きてえんだよ」

「話か……」

「そうさ。おみきさんが後を付けた男。そいつが鍵《かぎ》になる。正体をあばかなくちゃならねえ。信太はその男を見てるんだ。一度、酷い目に遭って、しっかり顔を覚えている。大事な証《あか》し人ってことだろう。うちに連れてきた方がよかないかい」

才蔵が小さく鼻を鳴らした。

「男の顔を覚えているか……なるほど、それはちょいと危ねえかもな」

「ああ、おみきさんを殺った男が信太を狙《ねら》わないとも言い切れない。こっちに匿《かくま》っとくのが得策だろうよ」

才蔵は今度は舌を鳴らし、肩を竦めた。

「好きにしな」

「いいの。じゃあ、おれ、これから行ってくる」

駆け出そうとする太郎丸の腕を摑む。

「ああ、待ちな。真明尼さまに文《ふみ》を書く。それを届けてくれ」

初が告げると、太郎丸は残り涙を拭《ぬぐ》って頷いた。

「宝幸院に行くのなら握り飯をもっと作るよ。漬物もあるからさ」

「うん、ありがとう。お舟さん」

「どうして太郎ちゃんがお礼を言うのさ。あたしだって、おみきさんを知らないわけじゃないんだ。しゃべりもしたし、お互いの身の上話もちょっぴりだけど、したしね。物事の筋をきちんと通す気持ちのいい人だったよ。あの人が殺されたなんて……ほんとに……そんな惨《むご》いことが……信じられないよ……」

お舟が前掛けで顔を覆った。

初はお舟の嗚咽《おえつ》に背を向け、階段を上がる。部屋に入り文机《ふづくえ》の前に座る。

「おみきさんが殺された」

声に出して呟いてみる。

殺された。なぜ、殺された。おみきの形《なり》を見て、金目当てに襲う者はいないだろう。身体を狙ったわけでもない。それなら、背中から刺したりはしないはずだ。

おみきが邪魔だった。

邪魔なものを取り除くように、人一人を始末した。

そういうところか。いや、物乞い女を人として考えていたかどうか怪しい。考えていなかったのだろう。だから、あっさり殺れた。虫を踏み潰《つぶ》すように、あっさりと。

墨を磨《す》る。仄かな香りが立ち上る。

おみきさん、あんたを渦に巻き込んだのは、おれだ。勘弁してくれ。どれだけ詫《わ》びても、もうあんたは生き返らねえ。骸《むくろ》のままだ。

筆の先を墨に浸し、女文字を書きつけていく。

けど、このままじゃ済まさない。必ずけりをつけてやる。あんたを無駄死にさせたりはしない。誓うからな。えにし屋お初の誓いだ。破ることは、ない。

初は筆を強く握り締める。

墨が仄かに匂《にお》った。


真明尼さまの読経が響く。

信太はそれをぼんやりと聴いていた。いつもは心地よい声の流れが、今はただ耳の中を素通りしていく。寺の片隅に掘られた穴におみきさんは、埋められようとしている。棺桶《かんおけ》なんて用意できないから、遺体は襤褸《ぼろ》に包まれているだけだ。誰が拵《こしら》えたのか紙で折られた花が一輪、薄汚れた布に差し込まれていた。

隣でおフミが泣いている。おそらくだが、信太より二つ三つは年上で、信太の前におみきさんと連れ立って物乞いに回っていた。もうすぐ、清住町《きよすみちょう》の商家に奉公に出るそうだ。背中にあの赤ん坊を括《くく》り付けている。山門に捨てられていたから〝山助《さんすけ》〟と名付けられた赤ん坊は、この世には何の憂いもないという風に眠っていた。

「おみきさん……おみきさん……」

おフミがしゃくりあげながら、穴の底に納まった遺体の名を呼ぶ。信太は、耳を塞《ふさ》ぎたくなった。これ以上、おみきさんを呼ぶ声も、すすり泣きも聞いていたくない、懸命に堪《こら》えていた涙が瞼《まぶた》を押し上げて噴き出しそうだ。

信太は俯き、唇を一文字に結んだ。

ちくしょう、ちくしょう。胸の内で、何度も呟く。ちくしょう、ちくしょう。

悔しいと思う。悔しくてならない。

悲しいより、淋しいより、悔しくて泣き出しそうだ。

宝幸院に運び込まれてすぐの遺体を信太は見ていない。他の子どもたちも見ていない。真明尼さまとお元《もと》さんだけが見た。

「おみきさんに、お別れをなさい」

真明尼さまに促され、茣蓙《ござ》に横たわったおみきさんと顔を合わせた。

綺麗だった。

顔も首筋も汚れを拭われて、血の気のない肌が蠟《ろう》のようだった。髪は丁寧に梳《と》かされて、白い紐で一括りにされている。静かに眠っているとしか思えない。

おみきさんて、こんなに綺麗な人だったんだ。

そう思ったとたん、さまざまな記憶が次から次へとあふれ出てきた。

初めて、おみきさんと物乞いに出た日、分けてくれた蒸《ふか》し芋の味、頭を洗ってもらった井戸水の冷たさ、叱られたこと、褒められたこと……。

おみきさんは決して優しくはなかった。不機嫌なときも、怒鳴り散らすときもあった。けれど、傍らにいてくれたのだ。傍らにいて、生きる術《すべ》を伝えてくれたのだ。

いつか恩返しをすると密《ひそ》かに決めていた。

みんなが舌鼓を打ち、笑い合っている。そんな店の真ん中に座らせて、美味しい料理をたらふく食べさせてやるんだ。

『えにし屋』に通うようになり、読み書きを習い、算盤を教わり、信太の決意は確かなものになっていた。幻や絵空事ではなく、現の恩返しができるのではと思っていた。

だから、悔しい。

こんな形で想いが砕け散るなんて、悔しくて堪《たま》らない。

穴が埋められ、新しい土饅頭《どまんじゆう》ができあがった。お元さんがその上に、人の頭ほどの石を置く。

それで、おみきさんの墓ができあがった。通夜《つや》はもちろん葬儀らしい葬儀もない。それでも、読経と涙があったのは幸せだとお元さんが言った。

「幸せだよ。ちゃんとお経をあげてもらって、みんなが泣いてくれて、上等過ぎるほど上等の弔いさ」

と。それから周りの子どもたちを眺め回し、手を打ち鳴らした。

「ささっ、もう泣くのはお終《しま》い。みんな、それぞれ、一働きするんだよ。今日の稼ぎがなけりゃ、今日のおまんまにはありつけないからね」

その通りだ。悲しみにせよ、淋しさにせよ、悔しさや憤りにしろ、いつまでも浸り込んでいる余裕など、信太たちにはない。おみきさんという稼ぎ手を失って、暮らしはますます困窮するだろう。一銭でも多く稼ぎ、一椀《わん》でも多くの施しを受けねばならない。

足が止まる。

宝幸院の境内を冷えた風が吹き通る。ただ、身体が震えたのは、風のせいではない。

おいら、もう『えにし屋』に行けないのかも……。

おみきさんはいなくなった。読み書きを習うなんて贅沢《ぜいたく》が、許されるだろうか。

許されない。許されない。許されるわけがない。

その場にしゃがみ込みそうになった。

『えにし屋』とは、もうお別れだ。そう察したとたん、身体から力が抜けたのだ。それで、信太はあの隠れ屋のような一軒が、自分にとってどれほど大切なのか、『えにし屋』で過ごす一刻《ひととき》にどれほど励まされてきたか思い知った。

失いたくない。でも、どうしようもない。

これまでも辛いことはいっぱいあった。諦めるしかないこともいっぱいあった。慣れているのだ。

どうってことはない。諦めて、忘れればいいだけで……。

信太はしゃがみ、指先で土に仮名文字を記していく。

い、ろ、は、に、ほ、へ、と。いぬ、ねこ、うし、やま、かわ、はな、かまど、ひばち。覚えたのに。せっかく、ここまで書けるようになったのに。

「おまえ、やるなあ。すげえよ。な、お初さん」

「ああ、ほんとだねえ。信太、よく励んでるじゃないか」

師匠の太郎丸が、お初さんが掛けてくれた一言、一言がよみがえってくる。師匠からは日向《ひなた》の匂いがした。お初さんからは仄かにお香が香った。お初さんの傍《そば》に寄ると、香りが揺れて、お初さん自身が香木のようだと感じる。それで、信太はいつも、ずっと傍にいたいような、怖くて逃げ出したいような不思議な心持ちになるのだ。お舟さんは醤油《しょうゆ》だ。鼻に染みる醤油のいい匂いがするのだ。ご主人は……よくわからない。口を利いたことは、ほとんどない。でも、たまたま目にした笑顔は意外なほど優しそうだった。

諦めて、忘れられるだろうか。

知らぬ間に零れてしまったのか、涙が口に入り、舌に染みてくる。信じられないくらい、しょっぱかった。

「信太」。呼ばれて顔を上げると、おフミが泣きはらした目で立っていた。背中の赤ん坊はまだ、眠っている。

「真明尼さまが呼んでるよ。本堂に来いって」

「真明尼さまが……」

信太は腰を上げ、のろのろと歩いた。足が重くて走れない。いや、重いのは気持ちだろう。身体のどこかに重石《おもし》があって、動くのがどうにも億劫《おっくう》だ。

風に背中を押され、信太は何とか本堂まで辿《たど》り着いた。

本堂と呼んではいても、外陣《げじん》や内陣があるわけではなし、本尊が安置されているわけでもない。真明尼さまが木片から彫り出した小さな仏像が祀《まつ》られているだけだ。薬師《やくし》如来《にょらい》だそうだが、子どもの玩具《おもちゃ》としか思えなかった。

宝幸院では、ここが唯一屋根と壁のある建物になる。だから、誰もがここで寝起きしていた。礼拝所ではなく、日々の暮らしの場だ。

「あ、信太」

その声に息を呑み込む。

「お、お師匠さま」

「だから、その呼び方するなって言っただろう」

太郎丸が駆け寄ってくる。

「お師匠……太郎丸さん、どうしてここに」

「おまえを迎えに来られたんだよ」

真明尼さまが告げた。読経で鍛えられたよく通る声だ。皺《しわ》だらけの老女なのに、声音には張りがあり若々しい。もっとも、今日は顔つきも口調も暗く沈んでいた。

「え？　迎えにって……」

「お初さんが『えにし屋』に来いって。しばらく、うちで暮らせってさ」

口が半開きになる。太郎丸の笑顔を見上げる。

「おいらが『えにし屋』で暮らすの」

「うん、どれくらいの間かわからないけど、用心のためだって」

「用心？」

太郎丸が目を伏せる。もぞもぞと唇を動かす。

「あの……おみきさん殺されただろう。下手人は捕まってないし、信太をうちに匿っといた方がいいんじゃないかって話になって、それで、迎えに来た」

「おいら、『えにし屋』に行ってもいいの」

「いいから迎えに来たんじゃないかよ。あ、おまえのことを匿うってだけじゃないんだぞ。おみきさんが後を付けてたって男の人相とか、いろいろ聞きたいんだって。おみきさんは『えにし屋』の仕事をしていて災厄に巻き込まれた。このまま済ますつもりはない。必ず下手人を明らかにするって、お初さんが言ってた」

下手人を明らかにする。それは、おみきさんの仇を討つということだ。

信太は生唾を呑み込んだ。

「行きなさい」

真明尼さまが告げた。皺に囲まれた黒い眸《ひとみ》が、真っ直ぐに信太に向けられている。

「えにし屋さんから文をいただきました。おみきさんのこと、詫びておられましたよ。そして、おまえのことを心配されてもいました。ありがたいお話です。当分の間、えにし屋さんにご厄介になるのがよいと、わたしも思いますよ」

「え、あの、でも……物乞いの仕事は……」

おみきさんの四半分にも足らないけれど、信太は信太なりの稼ぎをしている。僅かとはいえ稼ぎは稼ぎだ。

「大丈夫、おまえが気に病むことはないよ」

真明尼さまが微かに笑う。ぽつぽつと歯の抜けた口の中が見えた。

「えにし屋さんから、お香典とおみきさんに渡すはずだった手当てをいただいたのだよ。これで、誰も飢えずに済む。ありがたいことです」

短く経を唱え、真明尼さまは数珠を握り締めた。

「だから、行きなさい。えにし屋さんのご厚意に縋らせていただきなさい。ここにいても、おまえは仕事に出ることはできぬのです。恐ろしくて、とても外に出せぬのです。もし、おまえまで狙われたとしたら……おみきさんのような目に遭ったとしたら……」

真明尼さまの痩せた身体がぶるりと震えた。

「わたしは、もう耐えられませぬよ」

数珠を持つ手が震える。涙が深い皺に沿って、斜めに流れていく。

「信太。『えにし屋』に来い。な、来なきゃ駄目だ」

太郎丸が腕を引っ張った。

「お師匠さま……ありがとうございます」

「だから、お師匠さまじゃないって」

背中を叩《たた》かれた。ちょっと痛い。ちょっとだけだ。しかし、信太は大仰に顔を顰め、「痛い、痛い」と騒いでみた。騒ぎながら、目尻の涙を拭《ふ》く。

もう泣かない。

口の中に染み込んだ涙の味を噛み締め、信太はこぶしを握った。

遠く、空の高みで鳶《とんび》が、甲走る声を響かせていた。

八

『えにし屋』で暮らすようになって、驚いたことが幾つもある。

まず、その忙しさだ。

お頭とか爺さまとか呼ばれている『えにし屋』の主人、才蔵さんとお初さんの二人で商いを回しているらしいが、才蔵さんはほとんどいない。終日、出払っていて一日の内で一度も姿を見ないこともある。お初さんは、朝には必ずいて朝餉を一緒に食べる。でも、その後、どこかに出かけて夜遅くまで帰らなかったりするのだ。『えにし屋』にいるときには、しょっちゅう誰かが訪ねてくる。

男の人、女の人、年老いた夫婦、身形のいい商人、職人風の若者、振袖《ふりそで》の娘、ときにはりゅうとした出立《いでたち》の武家が供も連れず、腰高障子《こしだかしょうじ》の戸を開けて入ってくる。みんな『えにし屋』の客なのだと太郎丸が教えてくれた。客に応じるのはほとんどお初さん一人で、奥の座敷に案内したり、土間で立ち話をしたり、そのまま連れ立って出て行ったりする。客とは別に、勝手口から顔を覗かせる者たちもいた。大半が隙のない眼つきをした、どう見ても堅気には思えない類の男たちだ。が、たまには妙に陽気な女や、まだあどけなさを残した顔立ちの少女もいた。たいていは才蔵さんが相手をして声を潜め、話をしている。

ともかく、思いの外《ほか》、人の出入りの多いのに信太は驚いていた。そして、これだけの出入りがあり、忙しく人が動いているのにもかかわらず、『えにし屋』は静かだ。それは陰気やもの淋しさとはまるで無縁の静かさだった。そこにも驚く。

一日中店にいるお舟さんの許で雑仕事をしたり、太郎丸から読み書きを教わりながら、信太は胸に染み込んでくる『えにし屋』の静けさを味わっていた。

それで気が付いた。

ここでは誰も余計なことをしゃべらないのだ。

お舟さんは世間話が好きで、信太を相手に出入りの豆腐屋が役者の誰それに似ているとか、昔はもう少し痩せていたのだとか、漬物の塩加減は案外に難しいとか、話柄をあちこちさせながら、いろいろ話しかけてくる。太郎丸も饒舌《じょうぜつ》で、朗らかで、よく笑いよく語った。お初さんは、たいてい淡々と言葉を続け、めったに口を利かない才蔵さんでも、まれに、お舟さんの世間話に受け答えたりしている。

だから、いつもいつも、静まり返っているわけじゃない。人の声や笑いや水音や足音が響いている。それでも静寂を感じるのは、耳障りな余計事がないからだ。

他人を嘲《あざけ》ったり、見下したり、詰《なじ》ったり、罵《ののし》ったり、そんな刃《やいば》に似た剣呑な言葉がない。だから、耳の中でわんわん響かないのだ。信太は物心ついてから、耳を押さえたくなるような言葉をずっと浴びせられてきた。

「汚い」、「あっちいけ」、「物乞いのくせに生意気な」、「おやまあ、かわいそうにねえ。ほら、見てごらん。こんなかわいそうな子がいるよ」、「おい、食い物が欲しけりゃ、犬みたいに尻尾《しっぽ》振ってみろよ」、「近づいちゃ駄目ですよ。病持ちかもしれないからね」。

刃を隠し持つ言葉は騒がしい。耳を、心を傷つける。

『えにし屋』は静かだ。ここでは言葉は切り付けてこない。いつも優しかったり、柔らかかったりするわけじゃないけれど、伝えたいことを伝えるために使われている。ほっとする。

三つ目の驚きは、風呂《ふろ》があることだ。

家の裏側に土壁に囲まれた、風呂場があるのだ。風呂のある家なんて、初めてだ。ここよりずっと身代の大きな店だって、風呂のない所がほとんどだろう。浅草寺の傍ら、雑木林に囲まれてひっそり建つ町家に風呂場が付いているなんて信じられなかった。しかも、自分が湯に浸《つ》かれるなんて、きれいに垢《あか》を落として、小ざっぱりした衣を着られるなんて、さらに信じられない。

信じられなくて、驚いて、胸が高鳴る。

『えにし屋』はそんな場所だった。

「ほら、なかなかの男振りじゃないか」

お初さんが笑った。

『えにし屋』で暮らし始めた翌日のことだ。

湯から上がり、髪を整えてもらった。お初さんはとても器用で、剃刀《かみそり》と裁ち鋏《ばさみ》で信太の伸び放題に伸びた蓬髪《ほうはつ》を、きれいに切り揃《そろ》え髻《もとどり》を作ってくれたのだ。

「太郎丸のおさがりだから、何度も水を潜《くぐ》っているけれど、まだしゃんとしているからね」という井桁《いげた》模様の小袖は、信太の身体に合わせて肩上げも裾《すそ》上《あ》げもしてあり、身にぴったりと沿うてくれた。そういう形《なり》で、ちゃんと食べ物にありつけ、夜具で眠ることができる。学ぶことも、知ることもできる。

極楽のようだと思う。思うたびに、真明尼さまやおフミたちの顔が浮かんだ。おフミの背で眠っていた赤ん坊の顔も。

胸が苦しくなる。極楽を味わっている自分が重く、行き場がない心地になる。

「信太」

お初さんに呼ばれ、顔を上げた。いつの間にか俯いていていたらしい。

「宝幸院のみんなが気になるかい」

お初さんの声は少し掠《かす》れていて、その掠れが耳に心地よい。

「はい」と、信太は頷《うなず》いた。隠したり誤魔化したりする気持ちは僅かもなかった。この声に問われたら、この眼に見詰められたら、誰だって本心を語ってしまう。

「じゃあ、しっかりお励み。ここで、学べるだけのものを学ぶんだよ。そしてね」

お初さんが屈み込む。お香が香った。

「本物の大人におなり」

「本物の大人？」

意味がよくわからない。大人に本物と偽物があるのだろうか。

「宝幸院の子どもたちを救ってくれる、そんな大人だよ」

屈めていた腰を伸ばし、お初さんはゆっくりとそう言った。

「飢えて死ぬ子がいない世を作れる大人。そう言ってもいいかねえ」

「……そんなこと、おいらに」

できるわけがない。その一言を呑み込む。代わりのように問い言葉が漏れた。

「励んだら、学んだら、そんな大人になれるの」

「忘れなければね」

お初さんの指がすっと胸元を撫でる。それだけで、襟から帯にかけての皺が消え去った。

「おまえが今の気持ちを忘れなければ、なれるんじゃないかね」

忘れなければ……。宝幸院のことを、真明尼さまや子どもたちのことを、おみきさんのことを忘れなければ。

忘れるわけがない。忘れられるわけがない。おみきさんは亡くなってしまったけれど、おいらが生きている限り、ずっと覚えてる。

信太は唇を噛んだ。お初さんが、僅かに笑む。

「信太、信太。洗い物を手伝っておくれ」

お舟さんの大声が四方に響く。雷さまみたいだ。

「ほら、おいき。お舟さんに器の洗い方をしっかり教えておもらいよ」

「はい」

立ち上がり、台所に走ろうとする寸前、お初さんに呼び止められた。

「信太、ちょっとお待ち」

足を止め、振り向く。

「おまえにね、頼みたいことがあるんだよ」

「え、おいらにできること?」

お初さんが、また少し笑った。けれど、すぐに口元を引き締め、頷く。

「おまえしかできないことさ。あたしと一緒に人捜しをしてくれないかい」

「人捜し?」

「おみきさんが追いかけていったという男だよ。おまえ、その男の顔を覚えてるね」

今度は、信太が首肯する。

二か月も前になる。施しを乞うたら、不意に蹴《け》り上げられた。罵られ、蹴られ続けた。思いっきり脹脛《ふくらはぎ》に嚙みついて何とか逃げ延びたが、嘘《うそ》でなく殺されると怖かった。あの男の顔なら眼裏《まなうら》に焼き付いている。見間違えなど絶対にしない。

「あの男が、おみきさんを殺したの」

「わからないね。けど、おみきさんが男を追っていって、ああいう亡くなり方をしたのは事実さ。だとしたら、まずは、そいつが何者かはっきりさせなくちゃならないだろ。おまえはおみきさんの傍にいて、何もかもを目にしてもいる」

信太を暫く見詰め、お初さんは囁きに近い小声で問うてきた。

「ねえ、信太。昨日、おみきさんと一緒にいて何か気になったことはないかい。どんなささいなことでもいいからさ」

昨日のおみきさん、信太が最後に見たおみきさん。

懸命に記憶を手繰る。

「何だか、ちょっとびっくりしていたみたいな……」

「え、おみきさんがかい？」

「うん。おいら、人混みの中にあの男がいるって、おみきさんに告げたんだ。そしたら、おみきさん、そっちをちらっと見て、男を見て……それから、ちょっとびっくりしたみたいで……おみきさん、びっくりしたり、腹が立ったりしたら眉をきゅっと吊《つ》り上げる癖があるんだ。昨日も眉が吊り上がってた。だから、びっくりしたんだと思う」

「なるほど。それは、おまえを手荒く扱った男の顔を以前から知っていたから。そういうことになるのかねえ。知っていただけじゃなくて、後を付ける理由があったわけで……」

ほんの一瞬、お初さんの眼差しが宙をさまよった。

「やはり、どうあっても、見つけ出さなきゃならない相手だね。けど、その男の顔を見分けられるのは、おまえだけなんだよ。だからさ、信太、助けてもらえないかい。危ない目には決して遭《あ》わせないからさ」

「おいら、役に立ちたい」

思わず叫んでいた。お初さんに向かって一歩、近づく。

「おいら、おみきさんを殺したやつを捕まえたい。仇を取りたい。おいらで役に立つなら、何だってするよ。ううん、やらせてください」

おみきさんの仇を取りたい。そして、お初さんの役に立ちたい。それができる力が自分の中にあるのなら、嬉《うれ》しい。

お初さんが信太に向けて、手を伸ばしてきた。指先が頰に触れる。とても冷たいと感じたのは、指先が冷えているからなのか頰が火照っているからなのか。

「ありがとうよ。けど、逸《はや》らないでおくれ。気持ちを逸らせても昂《たかぶ》らせても、たいていは碌《ろく》なことにならないからね。ふふ、これも学びの一つさ。覚えておくんだね。でもね、信太」

そこで表情も口調も和らげ、お初さんは信太の背中を軽く叩いた。

「ありがとうよ。おまえが助けてくれるなら百人力だ。頼りにしているよ」

「信太、何してるの。早くおいで」

「おやおや、お舟さんが痺《しび》れを切らせちまう。ほら、お行き。しっかり手伝うんだよ」

くすりと笑った後、お初さんは背を向けた。仄かな残り香が信太を包んだ。


「で、どうだったんだ」

と、才蔵が訊《き》く。

「それがな。どうも妙な雲行きになりそうでな」

初は、寝衣の背に垂らした洗い髪を一括りにして、根元に柘植《つげ》の櫛《くし》を挿した。

夜も更けて、そろそろ吉原《よしわら》では大引けの拍子木が鳴るころだろう。むろん、町木戸はとっくに閉まっている。

木戸など開いていようが閉じられていようが関わりないのか、ついさっき、才蔵は帰ってきた。えにし屋の主《あるじ》が一息ついて、長火鉢の前に座り込むのを待ち、初は今日の出来事を報せたのだ。何かあれば、いつ何刻だろうと伝えろと言われている。ほとんど語りはしなかったが、才蔵なりにおみきを悼む気持ち、下手人への憤りは相当だったのだろう。いつもなら、望まれない限り口を挟まない初の仕事を、詳しく知りたがったのだ。

「妙な雲行きだと？」

才蔵の眉間《みけん》に皺が、目元に薄い影ができた。

「おまえ、このところ信太を連れて『摂津屋』を見張ってたんだな」

「そうさ。おれは、おみきさんに『摂津屋』についての調べを頼んでいた。おみきさんが後を付けた男ってのは、『摂津屋』と絡んでいる見込みが高い。そして、信太はその男の顔を覚えている。だとすれば、今のところ『摂津屋』に男が出入りしているのかどうか、確かめるのが筋だと考えたのさ」

「ふむ。しかし、まる七日近く獲物は現れなかった、だな」

「まるで引っ掛からなかった。まあ、そう容易く見つかると甘くは考えていなかったがな」

「それが、今日引っ掛かったってわけか？」

「うむ、まあな。信太はあの男に間違いないと言った。目に焼き付いた顔だとな」


「あいつだ。間違いないよ。おいら、目に焼き付いているもの」

自分の目を指差し、信太が急《せ》いた口調で告げてくる。

『摂津屋』と通りを挟んで向かい合っている蕎麦屋《そばや》の中だった。店の親仁《おやじ》に金を掴ませて、窓際の席を数日、借り上げている。信太は毎日、蕎麦が食べられると大喜びしていたが、初はもう、蕎麦を見るのも嫌な心持ちになっていた。

「美味しいなあ。この出汁《だし》、すごく美味いや」

「おまえ、ほんとうに蕎麦が好きだね。このところ毎日食べてるよ。飽きないのかい」

「飽きるもんか。こんな美味いものに飽きたりしたら仏さまの罰が当たるよ」

「おや、まぁ。おもしろいことをお言いだねえ」

お初は小さく声を出して笑った。今日は地味な小紋に丸髷《まるまげ》を結っている。傍《はた》から見れば、そこそこのお店《たな》のお内儀と倅《せがれ》とも目に映るだろう。昨日もこの形でこの席に座り、『摂津屋』に出入りする者を見張っていた。

誰も引っ掛からなかった。男は何人も出入りしたが信太は首を横に振るばかりだった。もっとも雲を摑むとまではいかなくても、確かな見込みなどないとわかっている。粘れるだけ粘り、実がないようなら次の手を考える。今までもそうやって商いを続けてきた。

それにしてもと、初は信太を改めて見つめた。

実に美味そうに蕎麦をすすっている。こちらまで、飽きたはずの蕎麦が欲しくなるような食べっぷりだ。

「信太」

「うん？」

「おまえ、ずっと昔から蕎麦が好きだったんだろうかねえ」

問うても、信太に答えられるわけがなかった。物心ついたときには、父も母もおらず、物乞いをしながら生きてきた子なのだ。

己の浅はかさを恥じて謝ろうとしたとき、信太が叫んだ。

「あいつだ」

「え？」

格子窓から向かいの商家を見やり、初は唇を結んだ。

浅黄色《あさぎ》の小袖に黒目の羽織姿の男が、『摂津屋』の前で小僧と何か話をしている。遠目にも愛想のいい笑みを浮かべているのがわかった。中堅どころの店の主人。そういった風情だ。浅黒い肌をしているが身体付は丸く、物腰は柔らかそうだ。つまり、ぱっと見、小さな子どもを罵り、打擲《ちょうちゃく》するような輩《やから》には思えないのだ。しかし、人の形と本性が一致しないのは世の常。そのあたりは、嫌というほど骨身に染みている。

「間違いないかい」

声を潜め、信太の耳元に囁く。信太は大きく頷いた。

「あいつだ。間違いないよ。おいら、目に焼き付いているもの」

「そうかい。わかったよ。よくがんばってくれたね。暫くここで待っていておくれ。そんなに待たせずに戻ってくるからさ」

立ち上がった初を見上げ、信太の表情が曇った。

「お初さん、どこに行くの」

「あの男が何者か確かめてくるよ」

「おいらも行く」

腰を上げかけた信太を眼で止める。

「ここにいるんだ」

「でも、おいら」

「足手纏《あしでまと》いになるんだよ。ここで待っておいで」

信太の口元が震える。双眸《そうぼう》が薄《うっす》らと潤んできた。

胸の内は痛いほどわかる。浅草寺でも、信太はおみきに置いて行かれた。待っておいでと告げたくせに、告げた本人は二度と帰ってこなかったのだ。

あのときと同じになったら。また、一人ぼっちで帰ってこない人を待ち続けなければならないとしたら。それは、それは、もう嫌だ。

「信太。舐《な》めるんじゃないよ」

初は信太の耳朶《じだ》を摘《つ》まんで、軽く引っ張った。

「あ、い痛い。な、舐めるって何を……」

「あたしをだよ。おまえね、あたしを誰だと思ってるんだい。えにし屋の初だよ。男などに、おめおめ殺られるわけがないだろう」

指を放す。潤んだ眸に微笑《ほほえ》みかける。信太は腰を下ろし、「ここにいる」と呟いた。

「ここで、お初さんを待ってる」

「そうしておくれ。あぁ、まだお腹《なか》に入るようなら蕎麦を注文していいからね」

わざと朗らかに告げて、初は蕎麦屋を出た。

『摂津屋』の中に入って行く男が見えた。

さて、どうしたものか。

寸の間、思案する。と、桶を手にした小僧一人が柄杓《ひしゃく》で水を撒《ま》き始めた。さっきの小僧のようだ。大柄で、はしこい眼をしている。使えるかもしれない。

初はゆっくりとした足取りで近づき、後ろから声を掛けた。

「もし、小僧さん」

振り向いた小僧の鼻で、面皰《にきび》が一つ赤く熟れていた。

「お仕事中、ごめんなさいよ。ちょっとお尋ねしたいことがあってね」

微笑みかける。小僧がほんの少し、足を引いた。何度か瞬きを繰り返す。

「な、なんでしょうか」

「さっき、お話ししていた商人の方だけど、熊田屋《くまだや》の藤兵衛《とうべえ》さんですよね」

でたらめな名前を口にする。小僧はいやいやをするように首を振った。

「ち、違いますよ」

「違う？　熊田屋さんじゃないんですか」

大きく目を見張る。それから、戸惑うように口元を押さえて見せた。

「そんな……そっくりだったのに。小僧さん、お願いです。本当のことを教えてくださいな。あの、もしかしたら、誰かに口止めされてるんですか。熊田屋さんが訪ねてきたことを内緒にするようにって。それなら」

「ち、違います。ほんとに違いますよ。あの人は吉蔵《よしぞう》さんといって、飯田町《いいだまち》で味噌屋をしている人ですよ。昔、うちで味噌作りの職人をしていたらしいですが」

吉蔵、味噌作りの職人……。平太らしい子を浅草寺で見かけ、その子が落としたという迷子札を届けに来た男か。

「まぁそうなのですか。では、わたしが人違いしてしまったのですねえ」

肩を落とす。小僧が上目遣いに見上げてきた。

「お内儀さんは、その、熊田屋さんて人を捜してるんですか」

「ええ、ちょっといろいろ未練がありまして……。あら、でも、こんなことをお若い人に話しちゃいけませんねえ。ごめんなさいよ。これ、気持ちですけど」

小僧に銭を握らせる。

「あ、いや、銭なんかもらったら……」

「取っておいてくださいな。お仕事の邪魔しちゃったんですもの。でもねえ」

息を吐き出し、口調を僅かに崩す。

「ほんと、そっくりだったのに。何だか気落ちしてしまう」

「お気の毒ですねえ。捜し人が見つかるといいですが、まぁいろいろ、ありますからね」

小僧は賢《さか》しらな物言いをして、にっと笑った。

「ほんと、いろいろありますよ。ほほほ。ねえ、小僧さん、あの吉蔵さんって方、こちらには度々、顔を出されるんですか。あ、いえ、わたしも時々、お店の前を通るものですからね。前にちらっとでも見たことがあるかしらと思って」

「いや、めったにお出でになりませんね。この前は……えっといつだったかな。もう、ずい分と前で……一月よりもっと前だったような……」

えっと声を上げそうになった。それを辛《かろ》うじて抑え、呑み込む。

「……そうですか。昔、奉公していたお店に顔を出すなんて、律儀な方なんでしょうね」

「ですかねえ。でも、今日は、旦那さまは寄り合いでお出かけなんですが」

そのとき、樽《たる》を積んだ大八車が店の前に止まった。さっき水を撒いていたのは、二輪が立てる土埃《つちぼこり》を抑えるためだったらしい。

「いけない。荷運びをしなくちゃ」

「あら、お手間とらせましたね。ごめんなさい。あ、でも、わたしのことは誰にも言わないでおいてくださいな」

「もちろん。心得てますよ」

さっきよりさらに賢しらな笑みを見せ、小僧は柄杓を手にしたまま大八車に駆け寄った。

「馬鹿野郎。柄杓で荷物が運べるかよ」

大八車の人足が、遠慮のない怒鳴り声を轟《とどろ》かせる。

初は踵《きびす》を返し、蕎麦屋に戻った。

「おかえりなさい」

信太が満面の笑みで迎えてくれた。こちらは、利口ぶった風は僅かもない。

「信太、この後は飯田町に回るよ」

告げると、笑みを消し「はい」と答えた。

才蔵がこめかみに手をやる。指先で軽く揉み、唸る。

「そうか。吉蔵ってやつは、一月の上も『摂津屋』に出入りしてなかったのか」

「ああ。小僧の話だとそうなる。嘘をつく理由もないから、本当のことだろうぜ」

しんしんと冷える。襟元から、袖口から冷えた闇《やみ》が滑り込む。そんな夜になった。才蔵が火鉢の火を掻《か》き立てる。炭のはぜる音と火の粉の匂いが闇の冷えを微かだが払った。

「だとしたら」と、初は続ける。

「おみきさんは、どこで吉蔵を見たんだ」

『摂津屋』のはずだ。他は考えられない。

「おみきは、おまえからの仕事を引き受け、『摂津屋』を探っていた。出入りの者たちの顔も見ただろうぜ。その、おみきが信太を置いてまで追いかけた男、となると……」

「ああ、十中八九『摂津屋』絡みだろうぜ」

「十中八九、か。しかしな、初。残り一か二は別の件ってこともある。おれたちの知らない事情で、おみきは男を追いかけた見込みも無きにしも非《あら》ずだろう。たとえば、昔、情を通じた相手だとか古い知り合いだとか」

そこで口をつぐみ、才蔵はかぶりを振った。

「それはねえな」

己の言を己で否む。

それはない。おみきにどんな来し方があったのか知る由もないが、どんな来し方があったとしても、昔、関わり合った誰かを追って行くなどあり得ないのだ。信太のように、確かな過去さえ持てない者がいる。全《すべ》て捨ててしまった者もいる。そこから逃げてきた者もいる。そういう者たちが江戸の底で何とか生き残っていくためには、過ぎた日々に拘《こだわ》ってはいられない。拘り続ければ、それが手枷《てかせ》足枷となって今を生き延びるのが危うくなる。

おみきは百も承知だった。

「お頭、おみきさんは自分のためじゃなく、えにし屋の仕事を為すために男を追ったんだ」

そして、殺された。

「……ああ、そうだ。しかしな、初。その理屈でいうと、おみきが追った男は吉蔵ってやつじゃねえぜ。おみきが『摂津屋』に張り付いていたのは、ここ十日ほどだ。その間に吉蔵の出入りはない。つまりよ、おみきが目にしているはずがないんだ」

「出入りしてないと言い切れないだろうが……」

例えば、裏口からこっそり入って行くのを、たまたま、おみきが見た。そういうことも、無いとはいえない。とすれば、人目を忍んで裏に回らねばならない理由があったことになる。その理由が今日は無くなり、堂々と表からおとなったというわけか。

「おまえ、飯田町まで行ったんだな」

「ああ、吉蔵が『摂津屋』から出てくるのを待って、後を付けてみた」

吉蔵は半刻（約一時間）あまりで出てきた。そして、風に背を押されるように歩き出したのだ。

信太を連れていては目立つとわかっている。けれど、子連れの女が誰かを追っていると、人はまず考えない。手を繋いでにこやかに話などしていれば、なおさらだ。初は信太を隠れ蓑《みの》にするやり方を選んだ。強く握りしめてくる信太の手を拒めなかったからでもある。拒めない自分に気が付いて、初は心内で舌打ちしていた。

危ないな。

情に負けている。情が無用だなど思いはしない。が、情動はときに沈着な思案を妨げ、剣呑な道に人を誘う。今、このとき、最も適した一手を打てなくなる。それは、えにし屋の初にとって命取りになるかもしれないのだ。

もっとも、今日に限っては、用心はまるで不要だった。つけられているなど微塵《みじん》も考えていなかったのか、何かに強く心を傾けていたのか、吉蔵は振り返ることも、立ち止まることもせず歩き続けた。

「ふーん、それで、まっすぐ飯田町まで帰ったわけか」

才蔵が火箸《ひばし》を使い、火鉢に炭を足した。ぱちぱちと威勢のいい音が大きくなる。

「ああ、どこにも寄らなかったな」

「で、どうだったんだ吉蔵の店ってのは」

「かなり危ないらしい」

「そりゃあ潰れるかもって、そういう話になるのか」

「そこまで傾いているのかどうかは、わからない。もうちょい、探ってみないとな。しかし、あちこちに付けが溜《た》まっているのは確かだ。近所の魚屋や米屋にも月晦日《つきみそか》の払いが滞っているみたいだぜ。暫く様子を見ていたが、大豆や麴《こうじ》が運び込まれた風はないし、味噌が運び出されることもなかった。もともと身代の大きさが違うけれど、それにしても『摂津屋』の賑やかさに比べると、相当、見劣りはしたな」

なにより、気配が違った。『摂津屋』にある生き生きと商いの回る気配は、吉蔵の店からは微かも漂ってこなかった。

「なるほどな。腕のいい味噌職人が逸って店を開いたのはいいが、商家の主としては使いものにならなかったって塩梅《あんばい》か。よく聞くやつだな」

そう、珍しくもない。江戸ではどこにでも転がっている話に過ぎない。しかし、珍しくもないありきたりの話の裏に、思いがけない真実が潜んでいたりする。そこを見抜けるかどうか。えにし屋の商いの肝でもあった。

「そうか。飯田町の味噌屋がどうなろうと知ったこっちゃねえけどよ、今のところ、わかっているのは吉蔵が信太を死ぬほど酷い目に遭わせた男だってことだけだ。おみきが、なぜ、吉蔵を追ったのか、肝心なとこがはっきりしねえ」

「ああ……」

どうも、ちぐはぐだ。どこかで違《たが》えている。思案の道がずれているのだ。どこかで……。

「仕方ねえ、今夜はもう休もうぜ。ゆっくり寝れば明日はまた、違う算段もできようさ」

才蔵が灰に火箸を突き刺した。刺し方が浅かったのか、その内の一本が倒れる。

初の頭の中で火花が散った。目の前の、現の火花より煌《きら》めいている。

「もしかしたら」
呟いた初を、才蔵が見据えてきた。

九

お安《やす》は次の正月で三十になる。十八のころ、柿葺《こけらぶ》き職人と所帯を持ったが二年と持たず別れた。仕事の腕はそこそこの職人だったし、優しい気遣いもできる男……と見込んで一緒になったのだ。それが、とんだ見込み違いとわかるまでに半年もかからなかった。男は三日仕事に出れば、やれ「身体の調子が悪い」だの「気分がのらない」だのと理由を付けて同じ日数だけ休むような生来の怠け者だったのだ。それでも一年半は堪えもしたが、男の酒量が増え、三、四日に一度は酔い潰れるようになり、酔いに任せて「身体を売ってでも酒を飲む金を工面してこい」と喚《わめ》くようになったとき、きっぱり見切りがついた。風呂敷包み一つ抱えて、裏長屋の部屋を飛び出したのだ。

二親は既になく、頼れる親類も知人もいなかった。一人で生きていくと覚悟を定めて酌婦や湯女《な》など女郎紛いの、いや、女郎そのものの暮らしを続けていた。

通いの女中の口を見つけたのは一年前、三十路《みそじ》が目の前に迫っていた。

飯田町の味噌問屋には、お安の他に小僧二人と主人がいるきりだった。小所帯だ。その小僧たちも、お安が働き始めて三月もしない間に暇を出された。商いが上手く回っていないのだ。このところ客足も絶え、主人の吉蔵も味噌作りを全くやっていない。

潰れるんだろうか。

人気のない店の板場を拭きながら、台所で水仕事をしながら、角を掃きながら不安になる。しかし、すぐになるようにしかならないと開き直った気持ちがわいてくる。

なるようにしか、ならない。

それが人の世というものだ。

吉蔵は油断のならない眼をした、商人や職人というより地回りに近い気配を漂わす男だった。もともとこういう性質《たち》なのか、商売が行き詰まったためにすさんでいくのか、お安には判じられない。雇われて間もなく、ほとんど強引に身体を奪われ、それからずるずると係わりを続けている。吉蔵には女房も子どももいなかったから、このまま味噌屋のお内儀に収まれるかと算盤を弾《はじ》いたこともあったが、今はそんな欲は微塵《みじん》もない。

店の行く末が危ういのは目に見えているし、女中を手籠《てご》めにし、無料《ただ》で抱ける女郎ぐらいにしか考えていない男と所帯を持つなど、とんでもない話だ。何度か住み込みで働くように促されたが、頑として断った。これ以上、こき使われたらますます割に合わなくなる。

給金だけは欠けなくきちんと貰えているのがせめてもの慰めだが、それもいつまで続くか心許《こころもと》ない。このところ、吉蔵はよく外出するが、あれはきっと金策に走り回っているのだろう。馴染《なじ》みの口入屋が、同じ町内の料理屋で下働きを探していると教えてくれた。月が変わるのを待たず、そちらに移ろう。

今日はその話を伝えて、残りの給金をもらうつもりだった。できれば、これまで弄《もてあそ》んだ分をきっちり上乗せして欲しい。

「おはようございます」

いつも通り、勝手口から台所に入り、まず湯を沸かす。朝餉は作らない。そこは仕事の分に入っていないのだ。味噌汁だけは前日、下拵えをしておく。

「あれ？」

思わず声が漏れた。昨夜、お安が用意しておいた出汁がそのままだ。いつもなら吉蔵が味噌汁を作り、器を洗い場に放り出しているのだが。

洗い場の桶には何も入っていなかった。水さえ張っていない。

朝餉を食べていない？　でも、旦那《だんな》さま、昨夜は家にいたはずで……。

胸の底がもぞもぞする。逆に背筋の辺りは冷たく固まっていくようだ。そのとき、お安は微かな匂いを嗅《か》いだ。

別れた亭主にいつも纏わりついていた匂い、酒の匂いだ。

吉蔵も酒好きだったが、亭主のように浴びるほど飲むことはない。少なくとも、へべれけに酔い潰れた主人の姿をお安は知らない。

変だ。いつもと何かが変わっている。

理屈ではなく、感じた。

板場に上がり廊下に出る。廊下はまだ雨戸が閉まっていた。これもおかしい。吉蔵は早起きで、いつもならお安が通ってくる前に、雨戸は取り払ってあった。

「旦那さま、お目覚めですか……」

もしや、急な病で倒れているのでは。

吉蔵の居室の障子を開ける。店の奥には、台所の他にはこの部屋と三畳ほどの小間があるきりだ。戸を開けたとたん、酒の匂いが強くなった。朝の光の中に空になった徳利《とっくり》が幾つか転がっている。

店の間口は四、五間あり、小店《こだな》とは構えが違う。味噌の醸造場も含めてだが奥行きもかなりある。店を開いたとき、かなりの手持ちがあったのだろうが、もう少しこぢんまりと商いを始める思案がなかったのかと、客のこない店を掃除しながら何度も思ったものだ。男が見栄《みえ》を張ってろくな事になった例《ため》しがない、とも思った。

吉蔵の居室は店に繋がる造りになっているから、障子を開ければ店の土間に降りられる。

「旦那さま」

お安は喉《のど》が震えるほどの大声を出した。しかし、返事はない。気のせいだろうが、酒の匂いだけが強くなったようだ。

「旦那さま」

さらに呼びながら、腰付障子《こしつきしようじ》を開ける。

店は雨戸が閉まっているので薄暗い。それでも、夜の闇《やみ》よりよほど明るいのは、格子窓から光が差し込んでいるからだ。それがなければ、お安は何も見ることはできなかっただろう。

お安は見てしまった。

店の梁《はり》に何かがぶら下がっている。

何か？　何かじゃない、あれは明らかに……人だ。

後で思い返しても不思議でしかたないのだが、お安は叫びも逃げもしなかった。障子戸に手を掛けたまま、立ち尽くしていたのだ。声も出なかったし、足の指一本、動かなかった。

梁の上を小さな影が走った。

あ、鼬《いたち》だ。鼠《ねずみ》でも狩りにきたんだろうか。それなら、重宝だ。鼠は困る。味噌樽を齧《かじ》られたら使いものにならなくなってしまうし……。

どうでもいいそんなことを考えたこと、鼬の目が妙に紅《あか》く光ったことは覚えている。そして、僅かに揺れた気がした。

ぶら下がった人らしきものが、どういう具合か左右にほんの少し揺れたように思えたのだ。お安は、息を吸った。頭に血が巡る。それで、ぶら下がったものが誰かではなく、主人の吉蔵だとわかった。

旦那さまが首を吊った。

息を吐く。同時に悲鳴がほとばしった。よろめき、尻《しり》もちをつき、這うようにして路地に出た。全身から汗が噴き出ているのに、寒くて堪らない。

何より怖い。怖い。怖い。

「誰かぁ、誰か来てぇぇぇ。助けてぇっ」

自分の悲鳴なのに、遥《はる》か遠くで響いている。そのまま、お安は何もわからなくなった。

「お内儀さん、お客さまがお出でなのですが」

女中が告げる。お常は、一旦《いったん》置いた花鋏に手を伸ばしたところだった。活《い》け終わった花の形が気に入らず、菊の丈をもう少し短くしようかと思案していたのだ。

「お客？　あたしにかえ？」

「はい。えにし屋のお初さんと仰る方です」

鋏を握る。やけに冷たく感じた。

「今日は旦那さまはお留守でしょう。宵口にならないとお帰りにならなかったはずだけど」

「はい。わたしもそのように申し上げました。そしたら、お内儀さんに用があるのだと」

鋏を握り込む。さっきよりさらに冷たい。氷でできているみたいだ。そっと、鋏に目を落とす。ただの鋏。よく手入れされているので切れ味はいいけれど、冷えているわけがない。むしろ、握っていた手のひらは薄ら汗ばんでいるではないか。

「いかがいたします。急なお客ですし、お引き取り願いましょうか」

お常が黙っているので、気の回る女中はもう腰を浮かしかけていた。

「会いますよ。お座敷……小間の方にお通ししておくれ」

「はい、かしこまりました」

女中が去って行く。客用の座敷は表に拵えてある。商いのための一間で造りも上等だった。小間はもっぱら、私用の客に使う。

えにし屋さんが何の用で？　弥之助《やのすけ》がいなくても構わないというのなら、お常でも用が為せるというわけか。それとも、お常だけに用があるというのか……。

黄色の菊が芳《かぐわ》しく香る。その花色が煩わしいと感じた。唐突な情動は瞬く間に膨れ上がる。お常は鋏を握り直し、花の下に刃を当てた。力を込める。

ころり。菊の花が転がった。

鋏を放り出し、立ち上がる。さっき感じた煩わしさは跡形もない。菊の香りだけが濃く残っている。

小間に入ると、下座にいたお初が頭を下げた。

「お約定もなくまかりこしまして、申し訳ございません」

「まあ、いいんですよ、そんなこと。あいにく、亭主は得意先回りに出かけておりまして留守なんです。あたし一人で役ができますかねえ。あ、ほら、こちら上座にお座りくださいな。お客さまを下に座らせたりしてごめんなさいよ」

わざと砕けた、朗らかな物言いをする。

「いえいえ、こちらで十分です。あら？」

お初が首を傾げた。

「菊の香りがいたしますね」

「え……」

「微かにですが、お内儀さんから菊が香ります。お花を活けていらしたのですか」

「あ？　え、ええ。そうなんですよ。今朝、花売りから菊を買ったものですから、下手なりに活けてみたんですよ。えにし屋さんは菊がお好きなんですか」

「そうですねえ。小菊は好きですよ。しぶといですから」

「しぶとい？」

「ええ、そう容易く萎《しお》れも枯れもしませんものね。うちの庭の菊なんか霜にあたっても負けずに花を開いてます。桜みたいに潔く散ってしまわないところが気に入ってるんですよ」

「あら、じゃあ柳がいいんじゃありませんか。あれは強いですよ。土に挿しただけで、根が出てきてみるみる育ちますからね」

　まあと、お初が口元に手をやった。それだけの仕草がやけに優雅だ。ただの商家の女とは思えない所作だった。

　この人はどんな生き方をしてきたのだろう？　生い立ちは？　在所は？

　お初が眉を顰《ひそ》めた。

「そこまでいくと、しぶとさじゃなくて図々《ずうずう》しさを感じますね。ちょっとねえ」

「あら、お嫌ですか」

「ええ、これからは『柳のようなお方ですね』と言われても、素直に喜べませんよ」

「まあ、そう言われるとそうですね」

お常はくすくすと笑い声をたてる。

女中が茶を運んできた。おそらく、女主人と客との楽し気なやりとりと思ったのだろう、顔つきを緩め、愛想笑いを残して去って行った。

「それで今日は、どのようなご用件で？　平太のことで何かがわかりましたか」

女中の足音が遠ざかると、お常は茶を勧め、それとなく来訪のわけを問うてみた。

「いいえ、これといって新たなことは何も。ただ、これはあたしのカンなのですが、平太坊ちゃんは生きておいでの気がしますよ」

湯呑を手にお初が答える。お常は大きく目を見張った。正面に座るえにし屋を見詰める。

「それは、何か……何か証《あかし》があるのですか。平太が生きているという証が……」

「いいえ、ございません」

お常は顎を引き、今度は両眼を狭めた。

「えにし屋さん、あたしをからかいに来たのですか」

「お内儀さんをからかう？　まさか。どうして、そんなことを仰るのです」

「だって、そうじゃないですか。あたしは母親ですよ。母親に向かって平太が生きているなんて、証もない話をして……。惨いとは思わないんですか」

茶をすすり、お初がふっと息を吐いた。

「お内儀さんのお気持ちを搔き乱したのなら謝ります。でも、あたしのカンはえにし屋商売の中で鍛えられていましてね。外れは少ないんですよ。そのカンが、平太坊ちゃんは生きていると告げてましてね。ならば、そのカンに従って動いてみようかと考えてます」

「動くって、どうやって……」

唾を呑み込む。お初は顔を上げ、お常の眼差しを受け止めた。

「証を見つけますよ。平太坊ちゃんが生きているという証をね。ただねえ、その証を握っていたかもしれない男を取り逃がしてしまいました。もう二度と捕まえられない所に」

「え？　何の話を……」

「飯田町の味噌問屋の主で吉蔵って男です。ご存じですよね」

「あ……え、ええ、知っております。うちで働いておりましたから」

「今朝、店で首を括っていたのを通いの女中が見つけたそうです」

声が出なかった。勝手に腰が浮く。湯吞が膝《ひざ》に当たって倒れた。畳の上に茶が広がっていく。薄い湯気が立ち上り、消えていった。お初が懐紙を出し、手早く畳を拭く。

「……吉蔵が……首を括った……」

「詳しいところはわかりません。今朝、えにし屋に入ってきた報せによると、店の梁に紐を括り付けて、その先にぶら下がっていたそうですよ。商いが上手くいってなくて、店を畳む寸前だったとか。あちこちに借金もあったのかもしれません。二進《にっち》も三進《さっち》もいかなくなっていたのは事実なんでしょう。死ぬ前にたんと酒を飲んでいたようで、その酔いに任せて縊《くび》れたのか、死ぬと決めて最期の酒を浴びるほど飲んだのかはわからないけれど、自分で命を絶ったのは間違いなかろうと、お役人は見ているらしいですね」

腰を落とす。乳房の奥で心の臓がどくどくと音を立てている。

「吉蔵が死んだ……のですか」

「殺されたんですよ」

お初の一言が音を立てる心の臓に突き刺さった。一瞬、息が詰まる。

「え、あの、い、今何て？」

「吉蔵さんは自死じゃない。殺されたんです」

口の中がみるみる乾いていく。舌が顎に張り付いてしまいそうだ。それを無理やりに動かし、何とか声を出す。

「殺された……吉蔵が殺された……誰に、誰にです」

「わかりません。明らかにするのはこれからです」

湯呑を摑む。残った茶を飲む。ほんの僅かの量だが、舌の先が潤った。お常は深く息を吐きだした。

「すみません。取り乱してしまって」

「いいえ、吉蔵さんは『摂津屋』を辞めてからも、時々、こちらに顔を出していたそうですね。そんな相手が亡くなったと聞けば、驚くのは当たり前ですよ」

「……ええ、奉公人の中には店を辞めたら、そのまま音沙汰《おとさた》がなくなる者もいるんですが、吉蔵はわりに律儀に挨拶に出向いてましたね」

「この前、ここをおとなったのはいつです」

「それは……さて、いつだったかしら」

首を傾げる。お初は瞬きもせずお常を見据えていた。

「取り次いだ方がいるはずですよね。お商売の邪魔にならないようにしますから、奉公人のみなさまにお訊きしてもよろしいですか」

「はい。それは構いません。でも、奉公人に尋ねなくても……わたしが思い出せば……」

こめかみに指を当て、強く押す。

「そう昔じゃありません。ええ、つい、この間、四、五日前じゃなかったかしらね。ああ、そうそう思い出した。やはり、亭主が留守の日でしたっけ。吉蔵は大方そうなんです。約束なんかしないで、ふらっとやってくるんです。ええ、前々からそんなところがあったんですよ。用事というほどのこともなくて、世間話をちょっとして帰るってことも多々あったと思いますね。亭主には商いについてあれこれ相談したりもしてたみたいですけど、わたしにはよくわかりません。あの日もふらっと寄っただけだと言って、手土産《てみやげ》の饅頭を渡してくれましたよ。薄皮の亭主の好物の饅頭です。あたしは暫く話に付き合ったのですが、やはりわたしでは物足らなかったらしく四半刻（約三十分）ぐらいで帰ってしまいましたよ」

「吉蔵さんは何のために、摂津屋さんを訪ねてきたんでしょうか」

「え、だからそれは大した用事なんかなかったんでしょう。たまたま近くを通りかかったから寄ってみたんじゃないですか。今までも大概そんなものでしたから。あ、でも……」

お常は口元を押さえ、上目遣いにお初を見やる。

「でも、もしかしたら、吉蔵は借金を頼みたくて来たのかもしれません。今さらですが、そんな気がしてきました。お金を借りたくて来たけれど、うちの亭主がいなかったから帰るしかなかったとか……」

「そうかもしれませんね」

お初は、あっさりと頷いた。

「お常さん、立ち入ったことをお聞きしますけれど、吉蔵さんから、お金を無心されたことはありませんでしたか」

「お金を……いえ、それはなかったと思います。少なくとも、わたしは知りませんね」

「摂津屋さんがお内儀さんに内緒で融通したってことは、考えられます？」

お常は強くかぶりを振った。

「考えられませんね。摂津屋弥之助は商人ですから、お金の重さってものはよくわかっています。いくら、昔の奉公人とはいえ闇雲に金子《きんす》を渡すなんて真似はしませんよ」

「なるほどね。じゃあ逆に考えれば、渡すだけの理由があれば惜しまず貸してやる、あるいは、くれてやるってことも有りですかね」

お常はもう一度、顎を引いた。

お初の真意が摑めない。

この人は何のために、こんな問いかけをしてくるのだろう。

嫌なら答えなければいい。目の前の女は役人でも岡っ引きでもない。えにし屋という正体のよくわからない小商人、町人に過ぎないのだ。

「いかがです、お内儀さん」

お初が促すように、言葉を重ねた。

「そりゃあ、理由があるのなら貸すことも、渡すこともあるでしょうよ。でも、わたしにはその理由とやらに思い至りませんけれど」

お初が襟の間から白い包みを取り出す。

「これは理由になりませんか」

お常の膝の前で包みを開いていく。

「まぁ、これは……」

林町《はやしちょう》一丁目、摂津屋が一子、平太
舅《しゅうと》の手跡が目に飛び込んでくる。

「ええ、迷子札ですよ。五年前に平太坊ちゃんが首から掛けていたという札です。えにし屋にお預けいただいておりましたね」

お初は指で平の字の上を軽く押さえた。すらりと伸びた指先には艶《つや》やかな薄桃色の爪《つめ》が付いている。目を引くほど美しい。

ずい分と手入れが行き届いていること。

指先だけではない。肌も髪も足裏も、入念に整えられて深い艶が底光りしているようだ。元々の質の良さもあるのだろうが、よほどの世話をしてやらないとこんなに美しくは映えないだろう。

美しいけれど、どこか作り物めいている。

所作といい容姿といい、生身の女とは思えない一瞬がある。えにし屋お初という相手は稀代《きたい》の人形師が精魂込めて作りあげた生き人形のようだと、お常は感じた。

「これを摂津屋さんに届けに来たのは吉蔵さんでした。浅草寺の境内で子どもが落としていった物だと、そういう話だったはずですが」

しかし、お初の声は紛れもなく人のそれだった。温《ぬく》もりと湿り気がある。

「……ええ、そうです」

「この札を見せられ、摂津屋さんは、もう一度、平太坊ちゃんを捜す気になった。どこかで生きているのではと望みを掻き立てられた。その想いに、望みに促されて、えにし屋にお出でになった。そういう経緯《いきさつ》でござんすよね」

「その通りですよ。正直、わたしは……」

唇を噛む。気息を整え、お初と目を合わせる。

「わたしは、そっとしておいてもらいたかったんです」

声が低くなる。ほとんど呟きに近かったけれど、お初は頷いてくれた。

どうしてだか、ふっと軽くなる。どこが軽くなったかわからないけれど、自分の内で凝り固まっていたものが心持ち融《と》けて、流れていくような気がした。

しゃべってしまいたい。

この人になにもかもを打ち明けたい。この人なら、お初さんなら全てを受け入れてくれるんじゃないだろうか。わたしの罪を、愚かさを許してくれるんじゃないだろうか。

膝の上で指を握り込む。胸の内で激しくかぶりを振る。

お常、馬鹿なことを考えるんじゃないよ。

己の声が己を叱る。

そうだ、馬鹿なことを考えちゃいけない。わたしの罪も愚かさも、わたしだけのもの。息を引き取るそのときまで、わたし一人が背負わねばならない荷なのだ。

お常は背筋を伸ばし、できる限り淡々と続けた。

「ええ、もう平太の生き死にに触れてほしくなかったんです。あの火事の凄《すさ》まじさからしても、平太が生きているなんて万に一つの望みもないと思っていました。わたしがあの子を殺したようなものだと、ずっと自分を責めて……いっそ一思いに平太の後を追おうかとも考えたことがあります。何度もあります。でも、人って強いのか薄情なのか、わからないけれど、そこまでの苦しみが一年経ち、二年経ちするうちに消えることはなくても、徐々に薄れてはいくんです。日々の暮らしの中で、平太のことを忘れている一時もあるようになって……。なんと情の薄い女だと謗《そし》られるかもしれませんが、平太のことを忘れられるようになって、生きていくのが少し楽になったんです。もちろん、思い出してはまた胸の奥が疼《うず》きはするのですが、それでも平太のいない行く末を生きていくしかないと覚悟を決められるようになっておりましたよ。あの子の冥福《めいふく》を祈りながら一生を終えようと」

「そうですか」

お初が柔らかく息を吐いた。

「そこまで気持ちを整えるまでには、ずい分辛い思いをなさったでしょうね。わたしには子はおりませんが、お内儀さんがどれほど苦しかったかお察しいたします」

通り一遍の、中身のない優しさでなく、お初の一言からは本物の、こちらの胸に染みる労《いた》わりが伝わってきた。

不覚にも声を上げて泣きそうになる。

苦しかった。辛かった。あの火事の夜からずっと苦しみ続けてきた。みんな、わたしのせいだ。わたしが悪い。わかっているから逃げようがなかった。助けてくれと縋ることも、もう耐えられないと訴えることもできなかった。日々が流れて、少しでも記憶が薄れていくのを待つしかなかった。薄れてくれるものなら……。

「お内儀さん、遠慮なくお尋ねします。失礼はご容赦くださいね。吉蔵さんが平太坊ちゃんの迷子札を持ってきたときに、お内儀さんは、摂津屋さんほど喜べなかったのですね」

いつの間にか俯けていた顔を上げる。首の後ろがぎしぎしと音を立てた。他の誰の耳にも届かない軋《きし》みの音だけれど、お常の耳底では重く響いている。

「……喜べませんでした。幾ら迷子札を首から掛けていたと言っても、その子が平太だという証にはならないと思ったんです。むしろ、違う子なんだろうなと……。わたしには、平太が生きているとはどうしても考えられなかったんです」

「でも、摂津屋さんは大層乗り気になった。一縷《いちる》の望みがあるならと、えにし屋に縋るほど本気で平太坊ちゃんを捜そうとした。お内儀さんは摂津屋さんに引きずられる格好で、うちにお出でになったわけですか。えにし屋でお常さんが芝居をしていたとは思っていませんよ。でも、摂津屋さんほど本気で、平太坊ちゃんが生きていると信じていたわけではない。そういうことですね」

うなだれる。それが答えだった。

「えにし屋さん、わたし、もう疲れてしまったんですよ。怯《おび》えるのに疲れてしまって」

「怯える?」

お初の眉が寄った。窺うように目も細くなる。

「亭主の……弥之助の平太を想う気持ちは本物です。嘘偽りは一分も入ってないでしょう。だからこそ怖かったのです。どんなに手を尽くしても平太が見つからなかったら、あるいは火事の夜に亡くなったことがはっきりしたら……そうしたら、あの人は落胆するでしょう。もしや平太が帰ってくるのではと当てにしてしまった分、それが叶《かな》わないとなると、気落ちも深いじゃありませんか。そのとき……そのとき、あの人の気持ちの中にわたしを怨み、憎む情が起こるんじゃないかと、それが怖かったのです」

「火事の後、摂津屋さんに責められたり、詰られたりしたのですか」

「いいえ、そんなことは一度もありませんでした。でも、でも、あの人が嘆き悲しんでいる様子を目の当たりにすると……面と向かって罵られるより、責められている気がしました。むろん、わたしが悪いのです。仕方ないことですが……」

「摂津屋を出て行くことをお考えになったことは？」

「ありました。実際に、離縁してほしいと伝えたこともあります。でも、あの人に『平太がいなくなって、おまえにまで去られたら、おれは本当に一人になってしまう』と言われました。それで、この人の傍で生きていくのが罪の償いになるのかと思い直したんです。わたしなりに舅や姑《しゅうとめ》の世話も精一杯、いたしました。摂津屋のお内儀として至らぬなりに務めも果たしてきました。わたしは……わたしは、このまま静かに老いていきたかった。暮らしていきたかった。望むのはそれだけでした。この迷子札はその望みを崩してしまう……そんな気がしたのです」

お初が札を丁寧に包み直し、胸元に仕舞う。

「お常さん、言い難《にく》いことを話してくださいましたね。本当にありがとうございます。最後に聞かせてくださいな。さっきの問いの答えです。吉蔵さんがこれを持ってきたとき」

お初の美しい指が胸元を押さえる。

「摂津屋さんは、お礼という形で金子を渡したようです」

「それは……金包みを渡していたようです。額までは知りません。吉蔵はもらうわけにはいかないと遠慮していたようですが、結局、受け取ったみたいでした」

お初の唇から吐息が零れた。

「そうですか。わかりました。ずい分と長居をしてしまってごめんなさいね。いろいろ、お聞かせくださって助かりました」

「あ、お初さん」

立ち上がったお初を呼び止める。既に障子戸に手を掛けていたお初が振り向いた。

「さっき、仰ったこと、平太が生きている気がすると仰ったのは、あれは……」

「申しあげたとおりですよ。あたしのカンです」

「ただのカンなのですか。それとも」

お常は口をつぐんだ。廊下で足音がしたからだ。お初が戸を開ける。女中がその障子のかげに膝をついて告げた。

「お内儀さん、えにし屋さんからお使いが」

みなまで言い終わらないうちに、女中の傍らを擦り抜けるようにして、少年が現れた。林町まで駆けてきたのか、息を弾ませている。

「太郎丸、何事だい」

お初の気配が引き締まった。少年が手に持っていた紙を差し出す。

「爺さまから、急ぎの、報せ。すぐに、お初さんに、報せろって」

それだけ言うと、廊下にぺたりと座り込んだ。

お初が大きく息を吸いこむ。微かに指先が震えたようだ。

「お初さん、何か……何かあったのですか」

胸騒ぎがする。心の臓を鷲摑《わしづか》みにされたようだ。苦しいというより、痛い。

「お初さん」

お初がゆっくりとお常に顔を向けた。表情の読み取れない、能面を思わせる顔だ。

「お常さん、河内屋さんが、今、捕らえられたとのことです」

「は？　河内屋のご主人が……」

捕らえられたとは、どういう意味なのか。とっさにお常には解せなかった。

「吉蔵さん殺しの下手人としてお縄になったんですよ」

お初の言葉がぶつかってくる。頭の中でわんわんと唸る。でも、わからない。意味がわからない。お常は口を半開きにしたまま、お初を見詰めていた。

十

「どういうことか教えてくれ」

長火鉢を挟んで、才蔵の前に座る。行灯《あんどん》の明かりが、柔らかくあたりを照らしていた。

「河内屋が吉蔵殺しで捕まった。その詳しい経緯を知りてえんだ」

才蔵はちらりと初を見やると、小さな吐息を漏らした。

「初、おれは今日一日あちこち走り回って、ついさっき帰ったばかりだぜ。もう外は真っ暗な時分だ。疲れ果てて、やっとこ帰ってきたというのに」

「帰ってきたとわかってるから、お頭の部屋まで出向いてきたんじゃねえか。あちこち走り回って摑んできたことを聞かせてもらわねえとな」

才蔵は鼻を鳴らし、口元を歪めた。

「まったくな、年寄りを労わろうって気がまるでねえわけだ」

「年寄り扱いされる度に、やたら腹を立てるのは誰だったたっけな」

「けっ、減らず口叩きやがって。ふん、まあいい。この件に関わっているのは、おまえだからな。どう落着するのかおれにはさっぱりだが、おまえには多少なりとも目処《めど》がついてるんだろうよ」

「ついているつもりでいた。しかし、河内屋が吉蔵を殺すってのは慮外なことだったぜ。まったくな、自分の甘さをまた突き付けられちまった」

現は強靱《きょうじん》だ。冷酷で残忍でもある。人の思惑など、いとも容易く踏み越えてしまう。おみきの死で、とことん思い知ったはずだったのに。

現の強靱さを、冷酷さを、残忍さを忘れていたわけではない。が、油断はあった。事の真相が見えてきたと心が逸り、これで決着がつくと浮ついていた。現は、初の浮足を見逃さなかったのだ。見事な足払いをかけて、地に叩きつけてきた。

無様なことだ。

己の無様さに呻《うめ》きたくなる。呻いても何様《なによう》にもならない。それくらいはわかっているから、唇を嚙《か》み締めて呻きを呑み下す。

「お初さんよ。おれに美味い茶を淹《い》れてくれねえか」

才蔵が長火鉢の銅壺《どうこ》を顎でしゃくった。

「ええ、よろしいですとも。とびきり美味しいお茶を差し上げますよ。でも、お頭、お茶よりお酒の方がいいのじゃありませんか」

「いや、酒はいらねえ。飲む気がわいてこねえのさ」

茶筒を手に、初は首を傾げた。

「どうした、お頭？　そんなに疲れているのかい」

「まあな。吉蔵殺しの一件をあれこれ探っちゃあみたが、今一つ、はっきりしなくてな。すっきりしねえときってのは、疲れるもんさ」

「河内屋が首吊りに見せかけて、吉蔵を殺した。それは本当のことなんだろうかな」

「うーむ、おそらく間違いなかろうよ。河内屋は殺っていないと言い張っているそうだが……。ただな、吉蔵の店から河内屋らしい男が飛び出してきたのを夜鳴蕎麦売りが見ているんだとよ。昨夜は月明かりがあったし、夜鳴蕎麦売りは目甲斐性《めかいしょう》がよくて、夜目が利くんだそうだ。河内屋を見て飛び出してきた男に違いないと言い切った」

急須《きゅうす》に湯を注ぐ。湯気と茶の香りが立ち上った。

「それで観念したのか、河内屋も吉蔵の店を訪れたことまでは認めた」

急須を持ち上げようとした手が止まった。

「てことは、訪れはしたが殺っていないって理屈になるな」

「まさにそうよ。河内屋によると吉蔵に呼ばれて出向き、そこで天井からぶら下がっている吉蔵を見つけ、仰天のあまり逃げ出した。と、そういう経緯らしい」

湯呑に七分目程入れた茶を猫板の上に置く。

「河内屋と吉蔵は知り合いだったわけか。しかも、呼び出されたら夜であっても出向いていくぐらいの仲だった。どこで知り合ったんだ？　そもそも何のために吉蔵は河内屋を呼び出した？」

才蔵はかぶりを振り、「わからねぇ」と呟いた。

「そこに関しちゃあ、河内屋は口をつぐんでいる。一言もしゃべらないとよ」

「吉蔵は直に河内屋を誘ったのか、それとも、人を遣わしたのか」

「文だそうだ。汚い形をした子どもが届けにきたってよ。河内屋の小僧に文を渡して、すぐに走り去ったから、どんな顔をしていたか覚えていないと小僧は言ってる」

「文の中身は？」

「必ず来てくれ、大切な相談がある。裏口の戸を開けておく。その二行の後に日付と刻《とき》が記してあったそうだ。読み終えたら燃やすようにとも、な」

「じゃあ、文は……」

「燃やしたんだとよ。火鉢で燃やして灰にした」

初は茶をすするえにし屋の主人を見詰め、膝の上で手を重ねた。

「……吉蔵との仲も、呼び出された理由も言わない。文は燃やしてしまい、逃げ出すところをしっかり見咎《みとが》められていた。それじゃあ、幾ら河内屋が殺っていないと言い張っても無駄だな。誰も信じない」

湯呑を置き、才蔵は初の言葉をなぞった。

「ああ、無駄だ。誰も信じない」

だとしたら、どうなる？

人一人殺せば、死罪か下手人の刑だ。どちらも首を落とされる。

「吉蔵が殺されたというのは確かなのか。自分で縊れたわけじゃないんだな」

「そのようだぜ。岡っ引きの親分によると、自分で首を吊るのと誰かが絞め殺すのとじゃ、縄の痕《あと》の付き方が違ってくるんだとよ。まぁ慣れたやつが――人を縊り殺すのに慣れてるやつってのも尋常じゃねえが、そういう殺しの玄人なら首吊りに見せかけるのもできなくはねえ。だが素人にはとうてい無理だってよ。その玄人でさえも逆は、首を吊った遺体を殺された風に見せるのは至難だとさ」

「つまり、吉蔵の首には、殺しの痕がしっかり残ってたってわけか」

「ああ、そうだろうな。吉蔵の居室には空になった徳利が転がっていて、酒の匂いがたっぷり残っていたそうだ。下手人は吉蔵にしこたま酒を飲ませ、酔い潰れさせせた。あるいは酒の中に眠り薬でも入れていたかもしれねえが、ともかく正体をなくさせ、抗《あらが》えねえようにした。それから縊り殺し、天井からぶら下げた。そういう筋書きらしいぜ」

吉蔵はさほど大柄ではなかったが、痩せ細っていたわけでもない。そういう男を吊り下げるとなると相当の力がいる。下手人は数人いたのだろうか。

「滑車だよ」

初の心内を覗き見たかのごとく、才蔵は告げた。

「初めの報せだと、吉蔵は梁に紐か縄を結んでぶら下がっていたって話だったが、少し違っていた。店の天井には滑車が取り付けてあってな、もともと、味噌用の塩を箱ごとぶら下げておくための仕掛けらしいが、商いが廃《すた》れちまったからか、塩箱は外してあったんだとよ。しかし、縄はそのまま滑車に付いていた。通いの女中の話だと普段は一括りにして垂らしてあり、もう一方の先は柱に括り付けられていたってこった。まぁ滑車を使えば一人でも吉蔵を吊り上げられる。なかなかの大仕事じゃあるがな」

「その大仕事をやったのが河内屋だと？」

「少なくとも役人はそう考えて、河内屋に縄をかけたんだろうよ。まあ、おれが役人でも同じことを考えただろうがな」

初は目を伏せ、膝の上の指先を見詰めた。才蔵が煙管を取り出す。取り出しただけで煙草を詰めるでもなく、吸うでもなく、ただ手の中で弄んでいる。

「納得がいかねえか、初」

「ああ、いかねえな。納得できねえとこだらけだ」

「ふむ、例えば？」

才蔵が目を眇める。

「河内屋が殺ったんだったら、どうして慌てふためいて表通りに飛び出してきたりしたんだ。裏からこっそり逃げればいいだろう。そうすりゃ夜鳴蕎麦屋に見られることもなかった」

「そりゃあ、人一人殺っちまったんだ。まともじゃいられなかったんだろうさ」

初は思いっきり眉を顰めた。

「おかしかねえか。下手人は吉蔵に酒、おそらく薬入りの酒を飲ませ、抗う力を奪ったうえで首を絞めた。それから滑車を使って天井から吊り下げた。そこのところは間違いないんだろう」

「ああ、おそらくな」

「だとしたら、お頭が言ったようにかなりの大仕事だぜ。それだけの仕事を一人でやったやつが、急に平静を失って慌て、人目の有る無しも確かめず逃げ出した。変じゃねえか。どうにも辻褄が合わねえや。それに、河内屋は吉蔵の店に普段から出入りしてたのか」

いやと、才蔵が首を横に振る。

「そこは詳しく調べてねえが、女中は河内屋を知らなかった。自分が奉公を始めてから昼間に訪れたことはなかったとは言ってたな。夜はわからねえがな」

「その女中に話が聞きてえ。それに、吉蔵の店とやらも見てみたいんだが」

才蔵は茶を飲み干し、音を立てて湯呑を置いた。

「初。おまえ、吉蔵殺しと摂津屋の倅の一件が繋がっていると思ってるのか」

「思っている。摂津屋も河内屋も吉蔵もみんな、あの一件絡みじゃねえか。役者がそっくり同じなのに、別の芝居ってことはなかろうよ。お頭、明日にでも飯田町に行ってくる。店の中には入れるよな」

「表戸は閉まっているが、裏手は開いているはずだ。お安、その女中の名前だがな、お安とも会う段取りはつけてやる。しかし、明日とは急だな」

「急がなきゃならねえ。気持ちが逸る」

「なぜだ？　おまえのカンか」

「殺し方だ」

才蔵が今度は真正面から初を見据えてきた。眼差しを受け止め、初は頷く。

「殺し方だよ、お頭。いや、殺した後か。うん、そこがどうにも引っ掛かる」

初は自分の首にそっと手をやった。

「首を絞めて吉蔵の息の根を止めたのなら、何のためにわざわざ吊るしたりしたんだ。既に死体になった者を吊るして何の意味がある?」

才蔵が唇を一文字に結んだ。眉間に深い皺が寄る。

「……河内屋を驚かせるためだと言いてえのか。仰天して飛び出させるための細工だと」

「それだけなら、胸に匕首《あいくち》を突き刺しておけば十分なんじゃねえか。河内屋がどれほど度胸があるのかわからねえが、血だらけの骸を見ても逃げ出さないほど肝が据わっているとも、死体に慣れているとも思えねえからな。それに河内屋を下手人に仕立て上げたいなら、あんな凝った真似をするより、座敷に転がしておく方がよかろうよ。万が一にも役人が首吊りと判じてしまう見込みもあるわけだしな」

血だらけの骸。寸の間閉じた瞼の裏に、おみきの笑み顔が過ぎていった。

ちくしょう。胸内で無念の想いが渦巻く。

才蔵が腕を組み、天井を仰いだ。

「河内屋をはめるためなら、わざわざ吊るす要はねえってことか。じゃあ、どういう料簡《りょうけん》が働いてると思うんだ?」

「わからねえ。ただ、嫌な引っ掛かり方をしている。気分が悪くなるぐらいの、な」

行灯の明かりが揺れる。油の香りが漂う。

はははと、不意に才蔵が笑った。話柄にも夜の暗さにもそぐわない朗らかな声だ。

「なるほどね。えにし屋のお初さんは既に事のあらましを摑んでるってことか。下手人が誰なのか見当がついてるってこったな」

「そんなことは一言も言ってないが」

「へっ、惚《とぼ》けなくていい。おまえが嫌な引っ掛かりとやらを感じるときは、終わりが間近って証だ。終わりが見え、下手人の正体が見えるからこそ、嫌な気分になるのさ。殺しが絡んだ事件がすっきり、爽《さわ》やかな終わりを迎えられるわけもねえからな」

さすがに見透かしている。

初は立ち上がり、淡く炎色に染まる才蔵を見下ろした。

「この一件は、おれがきっちり片を付ける」

「おみきのためか」

これも見透かされている。初は才蔵から明かりの届かない部屋の隅に目を移した。

「おれが、おみきさんを巻き込んだ。あげくに無残な死に方をさせちまった。取り返しはつかねえが、片を付けることで、ただの一分でもおみきさんに報いなきゃならない」

才蔵が舌を鳴らす。

「あまり力むな。おみきに報いるために片を付けようとしてるのなら、とんだお門違いだぜ。えにし屋が引き受けたのは、飽くまで摂津屋の倅捜しの件だ。そこを忘れるな」

「わかっている。おみきさんが殺されたのも吉蔵が殺されたのも、摂津屋の件も全て繋がってるのさ。ややこしく絡まり合ってはいるけれど、解いてみれば一本の紐だ」

「その証を立てられるのか」

闇溜《やみだ》まりから才蔵に視線を戻す。

「どうかな。七分の見込みはあると思うが」

「七分？　おいおい、お初さん、大丈夫かい。下手人の見当はついても証立てができないなら、どうにもならねえぜ。摂津屋の倅についても同じだ。生き死にを含めて見通しを明らかにしねえと、えにし屋の仕事とは言えねえぜ」

「わかってる。半端な真似はしない」

言い切る。火のついていない煙管をくわえ、才蔵は目を閉じた。


「ずい分と暗いですねえ」

初は振り向き、土間に立つ女に語り掛けた。

「はい、昼間でも薄暗いですねえ」

女、お安という女中は小声ながらはっきりと答えた。昨日の朝、ここで主の無残な姿を見ているのだ。気弱な者なら、足を踏み入れるなどもっての外と拒むだろう。しかし、お安は拒まなかった。初の渡した金包みを暫く眺め、「わかりました」と頷いたのだ。

気丈な女だ。そして、男に縋る術より己で手に入れた金の方が、生きていく上で余程役に立つと知っている女だ。

「雨戸を開けましょうか。そうすれば、幾分は明るくなりますよ」

「ああ、よろしいのです。一昨日《おととい》の夜がどれくらい暗かったか知りたいだけなので」

初は梁を見上げ、かぶりを振った。

「そりゃあ、真っ暗ですよ。夜はともかく昼間はもう少し明かりが差し込むようにしておけばと思いますよ。この店が立ち行かなくなったのは、味噌の質云々じゃなくて、この薄暗さのせいだと、あたしは思っているんですけどねえ」

お安の口調に淀《よど》みはない。明後日《あさって》から町内の料理屋で働く段取りができているとかで、ひとまず先の心配がなくなったからだろうか。

「お安さん、すみませんが裏路地も見せていただけますか」

「ええ、どうぞ。でも、えっと、お初さん、何のためにこんなことをしてるんです。旦那さまを殺した男はもう捕まったんでしょ」

「そうですね。捕まった男が吉蔵さんを殺したかどうか、まだ、確かじゃありませんけれど」

「それを確かめようとしてるんですか。お初さんは、お奉行所とは関わりないんでしょ。もしかしたら、旦那さまのためですか」

裏口から外に出る。

そろそろ昼にかかろうかという刻だ。光が眩《まぶ》しく、末枯《うらが》れた葉さえ美しく目に映った。その光の中で、お安は探るような眼差しを初に向けていた。吉蔵の女だったのかと、あからさまに問うている眼つきだ。口振りが僅かに粘っていた。

初は口元だけで笑んだ。

「お安さんはどうです」

「え？」

「お安さんは、吉蔵さんのために何かをしたいとか思っているのですか」

お安は眉を上げ、束の間《つかま》、初を見詰めた。が、すぐに首を横に振る。

「いいえ、全く思いませんね。旦那さまには、あまりいい思い出はないですからね。お給金だって、あんなことになって貰わず仕舞いになった分もあるし……」

「いろいろと嫌な思いもしたわけですか」

「まあねえ。そこのところは察してくださいな」

お安も意味ありげな笑みを作った。

「ねえ、お安さん」

初はお安の手を取り、そっと握り締めた。お安の頬が赤らむ。しかし、手を振りほどこうとはしなかった。

「もう少し詳しく聞かせてもらえませんか」

耳元で囁き、新たな金包みを握らせる。

「あら、嫌だ。お初さん、あたしは……」

お安は拒む素振りだけは見せたが、手の中の包みを返そうとはしなかった。

「ねえ、お安さん、あたしの聞いた話だと、このお店、かなり前から行き詰まっていたみたいですが、それ、本当ですか」

躊躇《ためら》いなく、お安は頷いた。

「ええ、商いはほとんど回っていませんでしたねえ。あたしは一年前に奉公に上がったんですが、前からいた小僧たちの話だとさらに一年も前から怪しくなっていたってことですよ」

「商いが上手くいかなくなってから、それでも二年近く潰れずにいたってことですね」

「そうなりますねえ。よく持ったこと」

「お安さんのお給金や、他の支払いは滞ったりしなかったのですか」

「ええ、そこは何とかなっていたみたいです。あたしも最後こそ、ごたごたしましたけど、それまではきっちり頂いていましたよ。でなかったら、とっくに辞めてます」

「そのお金はどこから工面してきたんですかねえ」

お安は口を閉じ、頬に手をやった。暫くの思案の後、肩を窄《すぼ》める。

「金策について旦那さまが何かを仰ったことはなかったですね。まあ、奉公人に言うことでもないでしょうからね」

奉公人には言わないだろう。しかし、女にはどうだ？　閨《ねや》の中での睦語《むつがた》りなら、零れる言葉もあるのではないか。

「……何とかなる」

お安が呟いた。

「え？　お安さん、それは？」

「いいえ、もう半年、いえもうちょっと前になるかもしれませんが、あたし、店の行く末が気になって『このままで大丈夫なんですか』って尋ねたことがあったんです。だって、店が潰れたら、次の奉公先を見つけなきゃなりませんからね。気になって……。そしたら、あの人『何とかなる』って言ったんですよ。念を押すように『心配しなくても何とかなるんだ』とも、言いました。はっきりと言いましたよ」

〝旦那さま〟が〝あの人〟に変わっている。お安は気が付いていないし、お初はあえて聞き流した。

「そのとき、ちょっと違和を覚えたんですよねえ。ただ単に強がってるとか、出まかせを口にしてるとか、そんな感じを受けなかったので。ちゃんとお金が入ってくる伝手《つて》でもあるんだろうかって。だってね、あの人、にやっとしたんです。何というのか……自信があるというのか、そんな風でした。それで、あたし、ほっとしたんです。変だなって想いより安堵の方が大きくなっちゃって。店が大丈夫なら次を探さなくていいんだって、気が楽になりましたよ。奉公先を探すのって、あたしぐらいの歳になると、なかなか難儀なものですからね」

お安はもう一度、肩を窄め、くすっと笑った。

「お初さんは何もかもお見通しのようですから白状しますけどね。ええ、あたしはあの人の情婦《いろ》みたいなことになってました。お内儀さんになれるかもって考えたときもありましたがね、今となっては夫婦《めおと》になんかならなくてよかったですよ。何だか得体のしれない、すさんだ気配もありましたしね。仏になった人をこんな風に言っちゃ駄目なんでしょうが……まっとうな死に方ができる人じゃなかった気がします」

そこでお安は目を伏せた。さすがに言い過ぎたと思ったのだろう。

「ありがとう、お安さん。言い難いことをいろいろ伺ってしまって、堪忍ですよ」

肩に置いた手に心持ち力を込める。背筋に沿ってすっと背中を撫でる。お安の頰がさらに赤く染まった。おぼこ娘のように、はにかんだ表情を浮かべる。

「堪忍だなんて……お役に立てたら嬉しいですけど。あまり話すこともなくて」

「いいえ、十分です。十分にいろいろと聞かせてもらいましたよ。助かりました」

「なら、よかったです。もう中には入られませんね」

「ええ、次は路地の辺りをちょっと歩かせてもらいます」

細い路地は表通りに通じている。河内屋彦衛門が飛び出してきたという路《みち》だろう。

初は通りに背を向け、路地を歩いた。たった数歩で裏長屋の壁に突き当たった。さらに細い抜け道を辿れば、裏長屋の木戸の傍らに出る。しかし、大人だと横向きでなければ通れないほどの幅だ。日が当たらないせいか、かなりぬかるんでいる。

お初は屈めていた身体を起こし、空を見上げた。

薄い雲が広がる空に鳶が一羽、輪を描いていた。

えにし屋の土間で弥之助がおとないを告げるとすぐに、軽やかな足音が響いてきた。

「はーい、いらっしゃい」
十二、三だろうか、絣《かすり》の上に短袴《たんこ》を身に着けた少年が現れる。その後ろから、一回り小さな男の子がひょいと顔を出した。こちらも井桁模様の絣を着て兵児帯《へこおび》を締めた、さっぱりとした形だ。顔立ちはまるで違うが、二人とも生き生きとした気配に包まれている。
「おい、お客さまだぞ。ちゃんと挨拶しろ」

年上の少年が小さな子を促す。促された方は、膝をつき、「いらっしゃいませ」と深く頭を下げた。首の後ろに火傷《やけど》の痕らしい引き攣《つ》れがある。

「これはこれは、ご丁寧にいたみ入ります」

弥之助が口元を綻《ほころ》ばせ、礼を返した。

「えにし屋さんに呼ばれて参りました。摂津屋と申します。お取次ぎを願えますか」

「はい、あの、えっと、かしこまりました。少しお待ちください」

小さな子が短袴の少年を見上げる。

「ね、師匠。これでいい」

「馬鹿、師匠って呼ぶなって何度言ったらわかるんだよ」

「あ、ごめんなさい、師匠」

「あ、また言った。いいかげんにしろよ」

少年たちのやりとりは、小さな毬《まり》のように弾んでいる。

お常は思わず微笑んでいた。いや、微笑もうとした。しかし、頬が強張って上手く動かない。それで、もう何日も笑っていないのだと気が付いた。愛想笑いや作り笑いなら、できる。でも心底からの笑いとは、ずっと縁が切れたままだった。

この前、本気で笑ったのはいつだっただろう。

記憶を手繰ったけれど、辿り着けない。

子どものころは日がな一日、笑っていた気がする。「もう、お常ったら。女の子がそんなに大きな口を開けて笑うものじゃないよ」「何がそんなに面白いんだよ。おまえの笑い声は一里四方に響くんじゃないかね」。母から叱られも、呆れられもした。

「お常の笑っている顔や声が好きだ。見ているだけで、聞いているだけで幸せになれる」

男から告げられたこともある。

なのに、笑えない。笑い方を忘れてしまった。

「おやまあ、太郎丸も信太も何をしておいでだい。お客さまを土間に立たせっぱなしにしておくなんて、料簡が悪いねえ」

奥から、お初が進み出てくる。

水浅黄《みずあさぎ》色の無地小袖に文庫結びの更紗《さらさ》帯。一見、地味だが裏裾廻《うらすそまわ》りには細かな花模様があしらわれ、お初が歩くたびにちらりと覗く。この前、摂津屋に来た時には利休鼠《りきゅうねず》の小紋に昼夜帯だった。髷もあの日はただの丸髷だったが、今日は姥子《おばこ》だ。粋好みの町方の妻女が結っている形だ。お初が亭主持ちだとは思えないが、嫁入り前の女にも見えない。玄人のようでもあるし、無垢《むく》な娘のようでもある。髷や着る物で千変万化するようでいて、お初はお初として僅かも変わらないと感じてしまう。

捉《とら》えどころがない。

「ささっ、こちらへ。お呼びたてしてすみませんでしたね」

襖《ふすま》の向こう、おそらく客用だろう座敷に通される。初めてえにし屋を訪れたときも、二度目のときもここに案内された。

いたって質素な造りだが、掃除は行き届き、床の間には瑞々《みずみず》しい花が活けてあった。

お常と弥之助が腰を落ち着けるとすぐに、茶が運ばれてきた。さっきの少年たちだ。

「太郎丸と信太と申します。よろしくお見知りおきくださいね」

お初の言葉に合わせ、二人が低頭する。

「太郎丸さんに信太さんですか。こちらこそ、よろしく」

弥之助がまた口元を緩めた。

「えっと、まさかお初さんのお子……じゃないですな」

口調もどこか緩んでいる。お常は亭主の横顔をそっと窺った。

「ほほ、あたしには子はおりませんよ。この子たちは、まあ言うなら〝えにし屋の子〟でしょうか。これでも、中々によく働いてくれるのです」

「ほぉ、こんな小さな子が働きを。それはたいしたものですなあ」

「ええ、たいしたものだと感心することがありますよ。太郎丸はともかく、信太はまだ八つなのですから。遊びたい盛り、わんぱくの盛りですのにねえ」

八つ。お常は我知らず胸を押さえていた。

八つ。平太と同じ歳だ。

「河内屋さんのこと、驚かれたでしょう」

不意にお初が話柄を変えた。お常は奥歯を噛み締めた。

心の臓を絞られるようだ。胸が痛い。息が苦しい。

「驚きましたとも。吉蔵が亡くなったのさえ信じられない心持ちでしたのに、自死ではなく殺されたと聞いて仰天し、下手人として河内屋さんが捕らえられたと聞いて、さらに仰天し……正直、ずっと夢の中をさまよっている気がしております。なあ、お常」

「はい、本当に……」

何とか声を絞り出し、答える。

「摂津屋さんは、河内屋さんが下手人だと思っておられるのですか」

弥之助が黙り込む。お常は耳底に響く脈の音に怯えた。この音が大きくなればなるほど、心の臓は膨れ上がり、やがて破裂するのだ。

「わかりません。わたしは河内屋さんが人を殺《あや》めるような方だとは、到底、信じられないのです。しかし、話を聞く限り、吉蔵を殺したのは河内屋さんしかいないようで……」

「河内屋さんに吉蔵さんを殺す理由があったのでしょうかねえ」

「さあ。二人が顔見知りだったのもわたしは知らなかったぐらいですから、何とも言いようがありません。いずれ、河内屋さんが白状するでしょうが」

「さて、どうでしょうか。あたしは白状するとは思えないのです」

お常は顔を上げ、お初に目を向けた。

白い肌の横顔からは、何の情も読み取れない。

「河内屋さんは口をつぐんだままじゃないでしょうかねえ。ただ、あの人の咎《とが》は殺しではなく、もっと別のところにあります。その咎が殺しより軽いのか重いのか、あたしには判じられませんが」

「えにし屋さん、何を仰っているのです」

弥之助が首を傾げる。途方に暮れた顔つきになる。

知っているのだ。お初さんは何もかも知っているのだ。

お常はさらに奥歯を嚙み締め、身体の震えを懸命に抑え込もうとした。

「お話ししましょう。五年前にさかのぼったところから始まる話ですよ」

お初の声が突き刺さる。お常は目を閉じた。

これで、全てが崩れてしまう。

十一

お話ししましょう。五年前にさかのぼったところから始まる話ですよ。

はい、そうです。五年前、あの火事、佐賀町《さがちよう》の火事の夜のことです。平太《へいた》坊ちゃんが行方《ゆくえ》知れずになった夜、お二人からしたら、どれほど悔やんでも悔やみきれない夜です。

ふふ、摂津屋《せつつや》さん、そんな顔しないでくださいな。まあお気持ちはわかりますけれどね。ここでまた昔を蒸し返して、どうするのだとそう仰《おつしや》りたいのでしょ。

あら、図星だったようですね。いいのです、いいのです。謝ったりしないでくださいな。誰《だれ》だって、そう言いたくなりますよ。思い出したくもない昔を無理やり思い出せと無理強いされる。嫌に決まってます。でも、ここはご辛抱くださいな。なるべく、手短に、掻《か》い摘《つま》んでお話しいたしますからね。

と、偉そうに申しましたが、あたし自身、これからお話しすることが全《すべ》て真実だと言い切れないのですよ。あ、いえいえ。違います。ただの想像で、いいかげんな話をしようなんて魂胆はこれっぽっちもありませんから。そんなことをしたら、えにし屋の商いは成り立たなくなりますからね。そこは、ご心配なく。

え？　心配などしていない。信じたからこそ頼ったのだと……まぁ、摂津屋さん、何てありがたいお言葉でしょう。胸に響きます。響くけれど重くもありますよ。

あたしはこれからお伝えする話を真実だと信じております。でも、証《あかし》がないのですよ。真実だとの証がないのです。なければ、どれほど、あたしが信じていようが言い切ることはできません。そこを踏まえて、お聞きくださいな。

前置きが長くなりました。お許しください。正直、どう切り出そうか迷ってもいまして……。

でも、あれこれ余計なことをひっつけるより、単刀直入に参りましょうか。

摂津屋さん、お内儀さん。

五年前、平太坊ちゃんが行方知れずになった一件、あれは仕組まれたものです。不運にも災厄に巻き込まれたのではなく、あらかじめ、そのように企てられていたのです。


「なんですと」

弥之助《やのすけ》が大声を上げ、腰を浮かした。そのはずみに湯呑《ゆのみ》が倒れ、茶が零《こぼ》れる。座敷の隅に畏《かしこ》まっていた、太郎丸《たろうまる》が素早く手拭《てぬぐ》いで拭《ふ》きとると空になった湯呑を信太《しんた》に渡した。弥之助は子どもたちの動きなど、全く目に入っていないようだ。お初《はつ》だけを真っすぐに見詰めている。口が開き、喘《あえ》ぎに似た声が零れた。

「お、お初さん。今、何て……何て言いました」

「平太坊ちゃんは火事騒ぎに巻き込まれて行方知れずになったのではなく、連れ去られたのです。そういう企てができあがっていたのですよ」

弥之助が尻《しり》を落とした。商家の主《あるじ》として振舞っている姿からは懸け離れた、どこか緩んだ恰好《かっこう》だ。滑稽《こっけい》にさえ見える。しかし、笑えない。笑えるわけがない。

お常《つね》は目を閉じ、身体《からだ》に力を込めた。そうしないと、震えに負けてしまう。全身に広がる戦慄《わなな》きをどうにもできなくて、瘧《おこり》のように身震いしてしまう。

嚙《か》み締めた奥歯が痛い。頭の中が火照って、何も考えられなくなる。

「……企てって……どういう意味です。わたしにはさっぱりで……」

弥之助が溺《おぼ》れる人に似て、手をばたつかせる。こんなに取り乱した亭主を見るのは久しぶり、いや、初めてだ。

「つまり、あの夜、平太坊ちゃんを連れ去り、行方知れずにする企てがあったのです。そして、その企ては上手《うま》くいった。火事のどさくさを利用して、小さな子を勾引《かどわか》す。そう難しいことじゃないでしょうよ。念入りに計画されたものであるなら、なおさらね。そうは思いませんか、摂津屋さん」

お初の口調に乱れはない。冷たいほどに落ち着いている。

「馬鹿な。そんな、馬鹿な。し、信じられない」

弥之助が首を左右に振る。それから不意に、お常を呼んだ。

「お常」

ずんと腹に響く呼び方だった。

「おまえは、どうして黙っているんだ。さっきから、一言も声を出してないじゃないか」

膝《ひざ》の上で両指を握り込む。弥之助の語気が険しさを増した。

「お初さんの話を聞いていただろう。どう思うんだ。お常、何とか言いなさい」

亭主の一言一言が鞭《むち》のようにしなり、打ってくる。生々しく痛い。痛い、苦しい。なのに、心のどこかが解《ほど》けてくる。軽くなる。息が吐ける。

やっと、やっと、これで吐き出せる。

「お初さん」

顔が上がる。今日、えにし屋を訪れてから初めて、お初と目を合わせる。

「お尋ねしたいのですが」

「はい。なんなりと」

思いがけず優しく、柔らかな声音だった。ほっと息を吐いていた。

「火事のことです。あの火事も仕組まれたものなのですか。騒ぎを引き起こすために、あえて火を付けた。あの、ですから……付け火だったのでしょうか」

「いいえ、違います」

付け火という一言が苦くて、お常は口元を歪《ゆが》めていた。しかし、お初は言下に否んだ。

「違うのですか」

もう一度、吐息を零していた。安堵《あんど》の息だ。

やっぱり違っていたのだ。よかった……。

お初がゆっくりと頷《うなず》いた。


違いますよ、付け火なんかじゃありません。あの火事は失火だと後のお調べで、はっきりしていますからね。火元もわかっています。繁盛していた小料理屋だったとか。一家はみな焼け死んだようですよ。惨い話じゃありますねえ。

お常さん、怯《おび》えておられたのですか。あの火事は付け火ではなかったかと、怯え続けていたのですか。確かに、決して少なくない人たちが亡くなりましたし、多くの人たちが家を失い、火傷《やけど》や深い傷を負ったのですからねえ。思い返すたびに気持ちが沈みもするでしょうよ。でも、火元がどこか、耳に入りませんでしたか。お二人とも火事の後、佐賀町に何度も足を運んだのですから、付け火ではなく町内の小料理屋からの出火だったと、それくらいはお耳に届いておりましょう。大層な噂《うわさ》になっていたようですからね。それに河内屋《かわちや》さんからも伝えられたでしょう。知っていた？　摂津屋さんもお常さんも知っていた。そうでしょうね。だとしたら、知っていたのに、付け火を疑ったのですか。もしかしたらと怯えていた。

誰かに言われたのですか。

あれは付け火だった。騒ぎを起こすために、おれが火を付けたのだ。

とでも？

あぁ、摂津屋さん、そんな顔をしないでくださいな。ええ、そうです。お祭しの通りですよ。あの夜、平太坊ちゃんを連れ去る企てを立てたのは、お常さんです。いえいえ、お常さん一人でそんな大それたことができるわけがありません。全ての段取りを整えた者、企てた者がおります。

河内屋さんと吉蔵《よしぞう》、二人の男ですよ。

待ってくださいな。あたしに、もう少ししゃべらせてくださいな。あたしの話を終《しま》いまで聞いてもらいたいんです。お願いしますよ、摂津屋さん。

は？　水が欲しい。まぁ、これは気遣いが出来ず、申し訳ありません。信太、お水を持ってきておくれ。二人分、お内儀さんの分もだよ。

すぐにお持ちしますね。あまりにも辛《つら》い、驚くべき話ですものね。喉《のど》も渇くでしょう。はい？　話の続きですね。続けてもよろしいですね。ええ、わかっています。ここまできて止《や》めるわけには参りませんし、そのつもりもありません。あたしもあたしなりに覚悟を決めて、ここに座っておりますから。

河内屋さん、吉蔵、そしてお常さんは、平太坊ちゃんを行方知れずにすることを企てました。ご隠居の祝いの席の後、みなが寝静まった夜更けに、です。初めの計画では、おそらく、夜泣きした平太坊ちゃんの癇《かん》の虫静めに、お常さんが外に出てあやしていた。そこを破落戸《ごろつき》に襲われ平太坊ちゃんを奪われた。そんな筋書きができていたのではありませんか。いえ、誰に聞いたわけでもありません。あたしの推測に過ぎませんよ。ただね、河内屋の女中さんから聞いたところによると、あの夜、手代の一人に河内屋さんが、人相の悪い男がうろついているから戸締りをしっかりするようにと言い付けていたんだとか。その女中さんに言わせると、一月ほど前に町内で押し込みがあったけれど、河内屋の周りでは物騒な輩《やから》を目にしたことはなかったそうです。なのに、あの夜に限って破落戸紛いの男たちがうろついていた。本当でしょうか？　全くの嘘《うそ》だと言い切れる証はありませんが、あたしは疑いました。河内屋さんの打った布石じゃないかと考えたんです。つまり、お常さんを襲って平太坊ちゃんを奪った男たちが、ずっと前から河内屋の様子を探っていたとか、そっちの方に持っていくために、居もしない男たちがさも居るように見せたんじゃないかとね。押し込み騒ぎのせいなのか、その言葉を、みなさん、あっさり信じたようですね。

ところが、人の企てより現《うつつ》の方が一枚も二枚も上を行っていた。

幻の破落戸どころじゃない。本物の大火、ほんものの騒ぎが持ち上がったんですよ。河内屋さんたちにとって、あれは願ってもない……というのは語弊があるでしょうかね、でもある意味、願ってもない成り行きになったんです。

破落戸云々《うんぬん》だと、お常さんがかなりの芝居をしなくちゃならない。何のために子どもを勾引したのか、その理由もいる。身代金を求める文でも用意してあったのでしょうかね……。どちらにしても、誰にも不審がられず芝居を続けるなんて素人には苦労でしょうよ。そこにいくと本物の火事騒動なら、変な言い訳も理屈付けもしなくていい。実際、この五年近く、誰もが平太坊ちゃんの行方知れずを悲しみ、嘆きはしたけれど、芝居だと気付いた者はいなかったわけですからね。お常さんは、火事の最中、外で待っていた吉蔵に平太坊ちゃんを渡した。そして、そのまま一晩、河内屋には帰らず過ごした。

これなら、お常さんが蔵に逃げ込まなかった理由がわかります。逃げ込むわけにはいかなかったのですね。騒ぎに驚いて表に飛び出したことにしなければなりませんものね。でも、これも女中さんから聞いたのですが……。その女中さん、お常さんのことが気になって、お部屋まで様子を見に行ったんですよ。そしたら、お常さんはいなくて、大人用の夜具の方はきちんと畳んであったって。おかしいでしょう。子どもを抱え、慌てふためいていたはずの者が夜具を畳むなんて。そんな余裕があるなんて、ええ、おかしいですよ。

お常さん、きっと、夜具に横になんかならなかったのでしょうね。約束の刻《とき》まで、まんじりともせずにいたんじゃないですか。そして、いつもの習いで夜具を畳み、部屋を出た。

火事を利用しようと言ったのは、吉蔵なんでしょうかね。お常さんの考えではないでしょう。そんな思案ができるほど平静ではいられなかったのと違いますか。あたしには子がおりません。だから親の心情を本当に解するなんて無理だと、わかっています。でも、我が子を手放さなければならない悲哀、悲嘆がどれほどのものか推し量るぐらいはできます。お常さん、苦しかったでしょう。身を引き千切られるように感じたんじゃありませんか。どうして、そこで耐えたのです。耐えて、我が子を渡してしまったのです。

耐えちゃいけなかったんですよ。情に負けなきゃいけなかった。平太坊ちゃんを抱き締めて、決して離しちゃならなかったんです。

ねえ、お常さん、おまえさん、何を考えながら一晩中、歩いたんですか。酷なことを尋ねていると百も承知で、お尋ねいたします。あの夜のことを曖昧《あいまい》にして、誤魔化したままで生きては駄目だと、そんな気がするものですから。

怖いんですよ。吐き出せるものなら吐き出さないと、いつか、お常さんの心が潰《つぶ》れてしまわないかって、ね。だから……。

「死ぬつもりでした」

お常は声を絞り出した。自分のものとは思えない。掠《かす》れて、ごわついている。

「平太を渡して一人になって、逃げる人たちにもみくちゃにされながら……死に場所を探しておりました。子を捨てた母が、生きていていいわけがないのです。生きられるとも思えませんでした。だから死のうと……でも、死ねなかった」

お初を見詰めたまま、語る。五年前からずっと、お常の内に溜《た》まり、凝り固まり、行き場を失っていた言葉たちが零れて、零れて、零れていく。

それで胸が軽くなるわけではない。それでも、風が通るようには感じた。一陣の風が吹き通る。風が道を作ってくれる。ほんの少しだが、息が楽になった。

「言い訳でしかないのかもしれませんが、でも、でも、火に追われ逃げ惑う人たちがいて、その人たちは、みんな……子どもも大人もお年寄りも誰も彼も、必死に生き延びようとしていました。生きたい、死にたくないって叫んでいました。その、何というのか、もの凄《すご》い力が渦巻いていて、そこに呑み込まれたような気がしたのです。風向きが変わったのか、空から火の粉が降ってくるようになって、人々の渦はさらに激しくなりました。お初さん、あの夜、何を考えていたのかとお尋ねでしたね。わたしは終いには何も考えられず、人と人の生きたいとの叫びに巻き込まれ、呑み込まれ、気が付けば河内屋さんの近くまで帰っておりました。いえ、『お内儀さん』と呼ばれて我に返ると、目の前に河内屋さんの番頭さんが立っていたのです」

一息に語る。言葉が流れ出る。風が吹く。

誰か助けて。嫌だ嫌だ。怖い、怖いよう。諦《あきら》めるな、逃げるんだ。くそっ、負けてたまるかよ。おっかぁ、おっかぁ。あんた、この子を頼むよ。逃げろ、逃げろ、風上に回れ。

死にたくない。死にたくない。死にたくない。死にたくない。生き延びるんだ。

様々な声や声にならない叫びが心身に纏《まと》わりつき、染みていく。

まさに修羅場だった。しかし、人の、生への執着が溢《あふ》れてもいた。その勢いに、お常は自害する機を逸してしまった。

「わたしが、己の罪におののいたのは摂津屋に戻ってからです。平太が消えてしまった日々が辛くて、辛くて……でも、全て自分が招いたことなら耐えるしかなくて……ええ、わたしは咎人《とがにん》です。どんな責苦を受けようと仕方ない者です。でも、周りの人々の嘆きを見るにつけ、嘆きの声を聞くにつけ……何より、平太の顔が……別れる間際の姿が眼裏《まなうら》に焼き付いて、焼き付いて……」

頰《ほお》が鳴った。寸の間遅れて、痛みが口中に広がる。身体を真っすぐ保てず、片手をつく。

頰を押さえ目を開けると、黒い影が仁王立ちになっていた。

「おまえさん……」

「お常、おまえという女は」

弥之助が吼《ほ》えた。獣の咆哮《ほうこう》だ。人の声ではない。

仕方ない。打《ぶ》たれても蹴《け》られても、殺されても仕方のないことをしたのだ。わたしは、この人を裏切った。裏切りの半分しか、まだ、白状していない。

弥之助が右手を振りかざす。

「うわっ」

弥之助の小さな叫びが聞こえた。目を開ける。

「うっ……な、何を」

弥之助の手首をお初が摑《つか》んでいる。さして力を込めている風には見えないが、弥之助は顔を歪めて、呻《うめ》いていた。

「あたしの目の前で、抗《あらが》いもしない女を打つなんて卑しい真似《まね》、止《よ》してくださいな」

お初が指を放す。弥之助は手首を押さえ、僅《わず》かによろめいた。

「ここは、えにし屋です。下種《げす》な振る舞いは許しませんよ」

「下種？　わたしが」

「抗う力も意もない相手を打つ。下種としか言いようがないじゃありませんか」

「わ、わたしが下種なら、卑しいなら、この女はどうなんだ。畜生にも劣るぞ」

弥之助が喚《わめ》いた。これまで見せてきた、温厚な商人の皮が破れ、熱《いき》り立つ男の素顔が覗《のぞ》く。

「犬畜生でも、我が子を捨てたりはしない。むしろ、命を守るために必死に戦う。お常、おまえは犬以下だ。死ねば畜生道に堕《お》ちる。そうだ、人間の皮を被《かぶ》った畜生だ」

「おやまあ、これはまた大変な罵《ば》詈《り》雑言《ぞうごん》ですねえ。子どもには聞かせたくない、見せたくない大人の見本じゃないか。太郎丸、信太。しっかり目を瞑《つぶ》って、耳を塞《ふさ》いでおいで」

太郎丸が言われた通り強く目を閉じ、両手で耳を覆った。信太もすぐに倣う。

「まぁ、摂津屋さんのお怒りもわかります。罵《のの》りたくもなるでしょうよ。けど、ここは一旦《いったん》、落ち着いてくださいな。お常さんの話はまだ終わっちゃあいませんよ」

お初が腰を下ろし、お常の肩に触れる。

「お常さん、ここまで打ち明けたんだ。もう何も隠さず、しゃべってもらえますね」

「……はい」

「平太坊ちゃんを吉蔵に渡さなければならなかった、その本当の理由。お常さんの口から、語ってくれますか」

この人は……。

お常は唾《つば》を呑み込んだ。口内のどこかが切れたのか、薄く血の味がした。

この人は……全てを知っているだろうか。おそらく、知っているのだ。

目が合う。全てを知っている眸《ひとみ》。しかし、そこに侮蔑も詰責も浮かんではいない。全てを知ってなお受け入れようとしてくれる。

そう思うのも弱さかもしれない。わたしは弱くて、自分の罪を背負いきれなくて、この人に縋《すが》ろうとしているだけなのかもしれない。

お初の指先が頬に触れた。弥之助に打たれ、熱を持つ頬だ。けれど、お初に触れられて火照るのは、速まった鼓動のせいだ。

「お話しいたします」

お初は頷き、音も立てず自分の座に戻った。弥之助は立ったままだ。その前に、お常は指をつき、深く頭を下げる。身体を起こし、亭主を見上げる。

「おまえさん、堪忍してください。いえ、違います。赦《ゆる》してなどもらえぬことをわたしは、仕出かしました。平太は……あの子は、あなたの子ではありません」

覚悟していたはずなのに、逃げ出したくなる。どこか遠く、誰もお常を知らない所に逃げ出したくなる。

駄目だ。もうこれ以上、逃げ回っては駄目だ。ずっと、そうしてきた。自分からも他人からも、来し方からも困り事や悩みからも目を背け、逃げてきた。

そうやって、いつまで逃げ続けるつもりなんだい、お常。

自分を叱咤《しった》する。鼓舞する。

「わたしは間違いを犯しました。言い逃れはできない罪です。亭主がいながら他の男の子を身籠《みごも》ったのですから。その方とは……おまえさんと一緒になる前に好き合った仲でした。夫婦《めおと》になる約束までしておりました」

おまえの笑った顔が好きだと、本気で告げてくれた男だった。

「それが……河内屋か」

唸《うな》るように言うと、弥之助はその場に腰を下ろした。

「まあ、摂津屋さん、どうして河内屋さんだとお思いなのですか」

お初がさも驚いたように目を見開いた。

「もうずい分と前になりますが……あれは、先々代の法要があった日だと思います。うちのおふくろが裏口あたりで、お常と河内屋が立ち話をしているのをたまたま見たのです。二人ともやけに暗い、深刻な顔つきをしていたと言うておりました。それを思い出したのです。ただ、おふくろは二人が顔馴染《かおなじみ》だと知っていたので、昔話でもしているのだろうと気にしなかったのです。ええ、もちろん、わたしもその時は、気にも留めませんでしたよ。お初さん、わたしとお常は幼馴染と申しあげましたね。お常は摂津屋近くの小さな金物屋の娘だったのです。摂津屋は大店《おおだな》と呼ばれるほどの構えではありましたが、親父《おやじ》もおふくろも大らかな性質《たち》で、わたしが小体の店や裏店の子と遊ぶのを嫌がりませんでした。遊び仲間の内にお常もいたのです。そして、河内屋の息子であった彦衛門《ひこえもん》、その当時は清松《きよまつ》という名でしたが、彦衛門もいたのです。しかし、わたしが十の折、お常の親は商いが思わしくなく、他所《よそ》に引っ越していきました。翌年には河内屋も佐賀町に越してしまいました。これは、しかし、地所替えが功を奏したのか商いは持ち直し、身代を肥やしたようですが。まあ、しかし、主が下手人として捕らえられたとなれば、もうお仕舞でしょう」

「そうですねえ。商いを続けるのは難しいでしょう。下手人とのお裁きが下されれば、河内屋さんの店も財も全て没収されますものね」

お初が相槌《あいづち》を打つ。弥之助も大ように頷き返した。既に落ち着きを取り戻し、大店の主人の姿に戻っている。

「さようですよ。こんなことを申しては何ですが、河内屋が傾きかけたとき、摂津屋はかなりの助けをしてやったはずです。親父がそう申しておりましたから。そういえば、お常の父親にもそこそこの金を貸してやっておりました。それなのに彦衛門、お常、二人して裏切っていたとは……恩を仇《あだ》で返すとは、まさにこのことだ」

「お常さん、河内屋さんと再び出逢《であ》ったのは、いつです」

弥之助の嘆きとも怒りとも愚痴ともつかない台詞《せりふ》を聞き流し、お初が問うてきた。

「はい、わたしが十六になった年です。林町《はやしちょう》を出た後、ほそぼそと商いは続けていたのですが、それも行き詰まり、父は病に倒れ亡くなりました。わたしは、母を養うために料亭の仲居として働いていたのです。そこに、清松さんが……河内屋を継ぐ前の清松さんが客として来て、声を掛けられたのです。それで、いつの間にか……」

「夫婦約束をするほどの仲になったわけですか」

「はい。でも、それは叶《かな》いませんでした。清松さんに家督を譲ったご隠居さまが、頑として許さなかったのです。清松さんには、さるお店の娘さんを嫁に迎える話が進んでいたのです。その縁談がご破算になれば、河内屋が揺らぎかねない。わたしと一緒になりたいのなら、河内屋を潰す覚悟で出て行けとまで言われたと聞きました」

「なるほどねえ。河内屋の親子仲が冷え冷えとしていたのは、それが因《もと》なのですね。では、河内屋さんとは別れざるを得なかったのですね。お常さんから身を引いたのでしょう?」

「はい。そのころ母も病がちになっておりましたので、仲居をしながら何とか母娘で生きて行くつもりでした。ただ、料亭に居続けるのはさすがに憚《はばか》られて……。それで別のお店に移ったのです。料亭の女将《おかみ》さんが知り合いの店を紹介してくれたものですから。そのお店が林町にあったんです。そこで、弥之助さんと再び会いました」

弥之助が腕を組む。眉間《みけん》に深い皺《しわ》を作る。

「わたしは子どものころから、お常が好きでした。そのことを酒の席でぽろりと零したのです。幼馴染の女にもう一度、会いたいとかそんなことをでしたね。そうしたら、後日、河内屋の隠居がその女なら、町内の小料理屋にいるそうだと伝えてきたのです。お常と所帯を持つと決まったとき、隠居にはそれなりの礼もしたのに……。裏にはそんな経緯《いきさつ》があったのか。くそっ。昔のご恩返しをしたくて懸命に捜したなんて、利いた風な口を叩いていたくせに」

「ご隠居からすれば、摂津屋の若主人に一つ、貸しを作ったってことになりますものね。料亭の女将さんに尋ねれば、お常さんの移り先など難なくわかります。なかなかに、したたかというか図太いというか、機を見るに長《た》けたご隠居だったのですね。でも、その結句が河内屋を危うくしているのですから皮肉なものです」

「まったくだ。算盤《そろばん》高いのもいいかげんにしておかねば。わたしは、すっかり騙《だま》されて、お常を嫁にしてしまったわけだ。そして、手酷《てひど》い裏切りに遭った。やりきれん」

「やりきれなかったのは、お常さんも同じでしょう。この際だから、言いたいことを言ったらどうですか」

お初の言葉は自分に向けられている。

本音を吐露すれば、気持ちが楽になりますよ。

声にならない声に、背を押された。

「……わたしは嫁いでから、ずっと肩身が狭かったのです。祝言の少し前に母は亡くなりましたが、息を引き取る寸前まで、わたしのことを案じておりました。摂津屋のお内儀としてやっていけるのかと。わたしの中に、摂津屋のお内儀になれば母の薬礼に苦労しなくて済む、諦めていた高直《こうじき》な薬が手に入ると……それこそ卑しい思いがあったのを見透かして、心配していたのです。

はい。わたしは卑しい女です。弥之助さんの気持ちを利用したのですから」

「そう言われたんじゃありませんか」

お初が僅かに、眉《まゆ》を上げた。

「夫婦になれば母親をちゃんとした医者に診せて、病を治してやると言われた。どうです、摂津屋さん、言った覚えがありませんか」

弥之助の頬に赤みが差した。

「言いましたよ。病の母親を抱えて苦労していたお常が不憫《ふびん》だったから、母親ごと面倒を見てやるつもりだったんです。それが責められることですかね」

「いいえ。立派なお考えですよ。母親を餌《えさ》にして娘を釣ろうなんて下心じゃなければね」

弥之助の頬がさらに紅潮する。

「お初さん、幾らなんでも言い過ぎではありませんか。こんなこと言いたくはありませんが、お常と出逢う前から、縁談は多く寄せられていました。どれもこれも、摂津屋に相応《ふさわ》しい大店の娘さんたちです。けど、うちは河内屋とは違って嫁の実家を当てにしなくても済みました。親も好きな相手を選べばいいと言ってくれて、それで、お常を嫁に迎えたのです。妾《めかけ》ではなく、摂津屋のお内儀として娶《めと》ったのですよ」

「大店の娘さんねえ。摂津屋さん、よかったじゃないですか。そんな人を女房に選ばなくて」

お初がにっと笑った。屈託のない、子どものような笑みだった。

弥之助が顎《あご》を引く。

「よかったというのは？」

「だって、何の苦労もなく育った娘さんたちでしょ。小さいころから周りが言うことを聞くのが当たり前に育った人が多いんじゃないですか。摂津屋さんだって、同じような境遇で育ったわけですから、大店の娘たちの傲慢《ごうまん》さ、自分が一番大切で、自分の意が通らないと不機嫌になる、そんな人柄はご存じでしょう。みんながみんな、そうだとは思いませんが、中にはどうしようもない我儘《わがまま》娘もかなりいるはずですよ。そこにいくと、お常さんは苦労を重ねて世間を知っている。気性としても、優しく弱く、言い返したり逆らったりするとは考えられない。亭主に異を唱えることもなく、細やかに世話もできる。摂津屋さんの望むお内儀さんに近かったでしょう。摂津屋さんは利口な方ですから、我の強いだけの御し難い娘より望み通りの質《たち》を具《そな》えた相手と一緒になる方が、自分の幸せだとわかっていたんですね」

「そ、それが悪いですか。この女となら幸せになれると思うのは悪いことですかね」

弥之助のこめかみに青筋が浮く。お常は逸らしそうになった眼差《まなざ》しを、辛《かろ》うじて留めた。

弥之助に罵られたのも打たれたのも、さっきが初めてだ。そう、罵られたことも打たれたこともなかった。その前に、お常が謝るなり、譲るなり、意に沿うように動いたからだ。

「悪かありませんよ。けど、摂津屋さんの考えたのは、自分だけの幸せでしょ。この女となら自分は幸せになれる、とね。違いますよ。本当はね、自分も相手も、摂津屋さんもお常さんも幸せになれる道を歩かなきゃいけなかったんですよ。そこに気が付かないでここまで来たなら、お常さんの幸せなんて端《はな》から頭になかったってことですかね」

弥之助が立ち上がる。

「帰る」

青筋を浮かべ、怒鳴る。

「こんな馬鹿馬鹿しい戯言《たわごと》に付き合っていられるか。お常、帰るぞ」

お常は怒鳴る亭主を見上げ、かぶりを振った。

「いいえ、まだ、ここにおります」

「お常！」

「座ってください。わたしの話はまだ終わっていないんです」

お初が息を吐いた。

「ほんとだ。まだ、終わっていない。あたしが余計な口を挟み過ぎるんですね」

「いいえ、お初さんには助けていただいております。でも、ここからは……」

「わかりました」

お初が深く首肯する。

「お前さんも座ってくださいな。わたしの話を聞いてください」

「それは家に帰ってから、じっくり聞く」

「ここで話したいんです。えにし屋さんの座敷で、お初さんの前で話したいんです。だから、おまえさん、聞いてくださいな」

弥之助の顔色はもう窺《うかが》わない。

お常は丹田に力を込めた。

十二

「さっき、肩身が狭いと申し上げましたが、摂津屋に入ってから、わたしはずっと自分の居るべき場所が見つからないというか……ここに居ていいのだろうかと、そんな気持ちを抱いておりました。今でもです。それは誰でもないわたしのせいです。わたしに負い目があったからです。河内屋さんと恋仲だったこと、母のこと、貧しかったこと……たくさんの負い目があって、だから何も言えませんでした。言いたいことの四半分も言えなくて、黙って従うことしかできなくて」

「言いたいことがあったのか」

弥之助がお常を遮り、凝視してくる。睨《にら》みつけているわけではない。先刻までの険しさは口調にも、眼差しにも含まれていなかった。

この人、驚いてるんだ。

弥之助が驚いていることに、お常は驚いてしまう。驚きながら心のどこかで納得していた。そうだろう。この人は考えてもいなかったのだろう。

「ありましたよ。わたしも人の子ですからね。言いたいことも、知りたいことも、やりたいことだってあります」

心があります。

「しかし、おれは、おまえを難儀させたことなど一度もなかっただろう。女遊びをするわけじゃなし、ぞんざいに扱うわけじゃなし、好きに、どちらかと言えば贅沢《ぜいたく》に暮らさせてやったじゃないか。あ、いや、おまえは贅沢などしなかった。どちらかというと質素で地味な生き方を心掛けていたな。だけど、それは、おれが強いたわけじゃない」

「わたしは贅沢など望んでおりません。食うに困らない日々をありがたくも思っておりました。本当にありがたくて……」

嘘ではない。父を失い、病の母を抱えて明日どころか今日の米を心配するような暮らしから救い出してくれたのは、弥之助だ。どれほど恩を感じても足りないと思う。

「だったら、何が不満だったのだ。なぜ、河内屋と密通した」

「……お義母《かあ》さんに言われたのです。おまえさんに女を囲わせると」

「な……おっかさんがそんなことを」

「ええ、はっきり告げられました」

こんなこと言いたくはないんだよと前置きして、義母は告げたのだ。

おまえに子ができないなら、他の女に産んでもらうしかないじゃないか、と。

「おやまぁ」

お初が声を漏らす。慌てた仕草で口元を押さえた。

「あ、ごめんなさいよ。口を挟まないと約束した矢先なのに、つい」

つい声が漏れてしまったようだ。両の手で口の辺りを覆い、肩を竦《すく》めている。

初めてだとお常は思った。

僅かであってもこの人の慌てた様子を見るのは初めてだ。

お初さんも人なんだ。慌てても、狼狽《うろた》えもする人なんだ。

そんなことをさらに思い、思う自分がおかしかった。

「だって、ほら、前にも申し上げましたよね。子どもができるできないって、女だけで決まるもんじゃないでしょ。相手を替えれば子ができるなんて、そんな容易《たやす》いものなんですかね」

「容易いのかもしれません。少なくとも義母は容易いと考えておりました。わたしも……考えました。そして、もし、その方に子ができたのならどうしようかとも考えました。潔く身を引いて、摂津屋のお内儀の役を渡してしまおうかとも、その道を選んだら一人でどうやって生きて行こうかとも……ええ、物思いに沈みはしましたけれど、どこかで安堵もしていましたよ。義母も義父も摂津屋の跡取りを、男の子を産むことをわたしに望んでいました、ずっと。祝言を挙げたその日に、跡取りを産むのがおまえの役目だと言い渡されておりましたから。その言葉が重くて、重くて……そんな重さから解き放たれるのかとほっとしていたのです。重いのは言葉だけではなくて、おまえさんもお義母さんもお義父《とう》さんも、どこかでわたしを見下していました。貧しい娘を嫁にしてやったのだと」

弥之助が顔を歪める。

「それは僻《ひが》みというものだ。そんなことは、少しも……」

「思っていませんでしたか」

あえて、問うてみる。弥之助は口をつぐみ、横を向いた。それが答えだった。

「お義母さんには言われましたよ。『うちには何の益にもならないおまえを嫁として迎え入れてやったのだ。せめて、跡取りぐらいはちゃんと産んでおくれ』と」

お常は息を一つ、吐き出した。

違う、違う。これではお義母さんだけを悪者にしてしまう。

大店の娘として育ち、大店のお内儀に納まった義母は気配りや遠慮には疎かったが、底意地が悪いわけでも、さがない性質でもなかった。若いころの着物を譲ってくれたことも芝居見物に連れ出してくれたこともある。ただ、相手の都合にも心内にも頓着せず、思いを押し付け、ずけずけと物を言った。ときにはそれが、詰《なじ》り言葉にも罵詈にもなったのだ。「役立たず」「石女《うまずめ》の嫁なんていらない」「摂津屋を潰す気か」「弥之助には囲い女でも世話をしなきゃならないかねえ」そして「せめて、跡取りぐらいはちゃんと産んでおくれ」。それらはときに深い思慮もなく、義母の心情のままにお常にぶつけられた。ただ、言いたいことだけ言ってしまえば、それで気が済む。笑いながら、評判の役者の話などを始める。後腐れのないからりと乾いた気性でもあったのだ。

一緒にいて傷つきもしたけれど、それなりの結びつきもできていたと、お常は思う。息を引き取る間際まで、義母が握っていたのは弥之助ではなくお常の手だった。

わたしは、お義母さんも裏切った。

「お義母さんにはよくしてもらいました。たくさんの恩を感じています。でもやはり、子を産め。産めないから囲い女を作る。あの言葉は辛かった。どうしていいかわからなくて、おまえさんへの未練もあり、摂津屋を出たらどんな苦労をするのか、どれほど楽になるのか見当がつかなくて……まとまらない思案のままあちこちを歩き回り、気が付いたら二つ目橋に立っていたのです。わたし、川が好きなんです。大川《おおかわ》も竪川《たてかわ》も小名木川《おなぎがわ》も、ね。速い流れに船が幾つも浮かんで、どんどん遠ざかっていく。かと思うと橋の下から次々に船が現れる。あの光景が昔から大好きだったんですよ。夕刻は特にね」

臙脂《えんじ》色に染まった川面《かわも》に荷や人を運ぶ船が浮かぶ。

高瀬舟、艀下《はしけ》船、猪牙《ちょき》船。形も大きさもまちまちの船がみな臙脂に塗りつぶされ、影だけが怖いほど黒い。船頭の棹《さお》が動くたびに波が立ち、広がり、流れに吸い込まれ、消えていく。そんな波紋があちこちにできて、ときにぶつかり、ときに溶け合っていく。

全てが紅《あか》くて、黒い。

子どものころから夕暮れの川を眺めるのが好きだった。大人になってからも、ふと淋《さび》しさに襲われたとき、思い悩んだとき、気が優れないとき、竪川に足が向いた。

あのときも、そうだ。

千々に乱れる思案に疲れ、二つ目橋の欄干から竪川の流れを見詰めていた。

「おい。止めろ」

唐突に肩を摑まれた。

「馬鹿なことを考えるな」

「え？」

何が起こったのか、とっさに解せず声の方に顔を向けた。

「死んだっていいことなんて何一つ、ないぞ。冷たくて、苦しいだけだ」

「まあ、清松さん。清松さんじゃないですか」

「え？　あっ、お、お常さん？」

徐々に暮れていく空の下で、お常は上背のある男を見上げ、息を詰めていた。


「その人が清松さん、いえ、河内屋さんでした。河内屋さんはわたしだとは気付かず、川に飛び込もうとしている女を止めようとしたのです。あ、むろん、わたしは好きな風景を眺めていただけで飛び込む気なんかありませんでした。だいたい、あんなにたくさんの船が通っているところに飛び込んだって、すぐに引き上げられてしまいますよ。でなければ、船の上に落っこちてしまうのが関の山。そんな真似はしたくありませんもの。あ、すみません。いらぬ話をしてしまいました」

少し舌が重くなる。気持ちが怯《ひる》んでいるのだ。

ここからだ。ここから先を打ち明けるために、さらに覚悟がいる。

「わたしと河内屋さんは、それから時折、外で逢うようになりました。そして……道ならぬ仲になりました。一度だけです。わたしが弱かったのです。摂津屋での暮らしに疲れていたのも、現から逃げたかったのも事実です。でも、それは言い訳に過ぎません。言い訳に……」

息を整える。知らぬ間に俯《うつむ》けていた顔を上げる。

「わたしは子を孕《はら》みました。そして、平太が生まれて……わたしは……戦《おのの》きました。生まれ落ちたとき、平太の首に小さな痣《あざ》があったからです。花弁の形の……。河内屋さんにもよく似た痣がありました。首の下で衿《えり》に隠れて見えない所にですが。でも、わたしにはその痣が父子《おやこ》の証のように思えました。平太の本当の父親は河内屋さんではないかと思ったのです。平太が長じるにつれ、その思いはますます募っていきました。目元と眉の形が河内屋さんにそっくりだったのです。あのころ、本当に生きた心地もありませんでした。いつ、誰が真実に気付くかと……。はい、わたしは真実に気付かれたくなかったのです。平太を産んだことで、義母も義父も人が変わったように優しくなって、わたしを責めることも謗《そし》ることもなくなりました。わたしは……どこか見返したような心持ちにもなっていたのです。どうです。ちゃんと子が産めましたよって」

頰に手をやる。まだ火照っていた。

「でも、だんだん怖くなったんです。怖くて……河内屋さんに似てくる平太が怖くて、自分の罪が怖くて耐えられなくて、河内屋さんに縋ったんです。一人では抱えきれなかったのです。河内屋さんにはもうお内儀さんもお子さんもいました。だから、どうにかして欲しいなんて言えなかった。望んでもいませんでした。ただ、不安を吐き出したかった。一緒に考えてくれる人が欲しかった。でないと気がおかしくなりそうだったんです」

罪を忘れたかった。少しでも軽くしたかった。なのに、さらに罪を重ねただけだった。

平太……。

己の愚かさを噛み締める。これまで何十回も何百回も噛み締めてきた。途方もなく苦く、舌を刃《やいば》で刻まれたように痛い。

「河内屋さんとはそれから数回会いました。先々代の法要のときにも、少しの間、話をしました。ええ、お義母さんに見られたのは、そのときです。お義母さんだけでなく、吉蔵にも見られました。吉蔵は、わたしたちの話を盗み聞きもしたのです。わたしたちは……そのとき、鬼になっておりました。人の皮を被《かぶ》った鬼です」

喉が閊《つか》える。息がちゃんとできない。

「つまり、平太坊ちゃんを行方知れずにしてしまう相談をしていた。そうですね」

お初が抑揚のない口調で言った。弥之助が身動《みじろ》ぎする。

「……はい。自分の乳母《うば》だった者が染井村《そめいむら》に住んでいるから、その人に預けてはどうかと河内屋さんが言い出して、その人ならきちんと子育てをしてくれる、入り用なだけの金子も渡す。何も心配はいらないと……」

「おまえは、それを受け入れたわけか」

弥之助の冷え冷えとした声が耳に刺さってきた。

「父親がどうあろうと、母親はおまえであることは間違いなかろう。血を分けた我が子を他所にやるなどと、そんな非道な真似がよくもできたな。おまえの言う通りだ。人ではなく鬼の所業だよ。いったい、どういう料簡《りょうけん》で」

「吉蔵が関《かか》わってきたのは、そのときからですね」

お初が冷え冷えとした声を遮る。こちらは冷えても温かくもない、淡々とした口調だった。

「そうです。わたしは平太を手放すなんて考えられなくて、でも、このままの暮らしを続けていく気力も自信もなくて悶々《もんもん》としておりました。そんなとき、吉蔵が声を掛けてきたのです。自分は全てを知っている。法要の日、申し訳ないが、つい立ち聞きをしてしまった。ついては、お内儀さんの力になろう。そう言ってきました」

昔からお内儀さんの苦労を見ていて、気の毒に思っていた。ひょんなことで、河内屋さんとの秘密話を聞いてしまった。黙って忘れようかとも考えたが、お内儀さんの窶《やつ》れようが、あまりに痛々しいので、助けられるものなら助けたいと思っている。

その後、表情を曇らせて、吉蔵は首を横に振った。

「いやいや、それでは綺麗事過《きれいごと》ぎる。嘘ではないけれど、綺麗事だ。お内儀さん、本音を言います。わたしは金が欲しいのです。ご存じのように一人立ちはしましたが、まだまだ商いは順調とはいえず、金が入り用なのです。お内儀さんが少しでも用立ててくれるなら、喜んでお手伝いをいたしますが。口止め料とかではない。それでは、脅しになってしまう。そうじゃなくて、わたしもお仲間になります。金のためなら人の道に外れる行いも厭《いと》いません」

金が欲しい。それが吉蔵の偽らざる気持ちだと察した。必死な想《おも》いも伝わってきた。金策が尽きれば商家の命運は尽きる。父の商いのしくじりを目の当たりにしてきたのだ、骨身に染みて解していた。

つまり、この男は金を出せば、何でもやる。逆に、渡すのを拒めば何をするかわからない。

「わたしはそう考えました。後に自分の甘さを思い知ることになるのですが、そのときは、金子を求められたことに却《かえ》ってほっとしたのです。吉蔵が加わってからは話が前に前に進み出して、でも、わたしはとても踏み切れませんでした。平太はわたしの子です。男の子にしては口が達者で『おっかさん』と、はっきり呼んでくれました。この子を手放すなんてどうしても無理で……でも……」

「いつでも逢えるとでも、言われましたかね」

思わず、お初を見詰める。

この人はなに？　どうして、何もかもを容易く見透かしてしまうの。

お初が顎を引いた。

「いえね、母親を説得したいとき、あたしならそう言いますからね。『他国に連れて行くわけじゃない。染井村だ。あそこなら、いつでも逢える。月に一度か二度、逢いに行けばいいではないか』とね」

お常は、お初と眼差しを絡ませたまま頷いた。

「そうです。そのように言われました。これで一生の別れになるわけではないと。それでも、決心がつかなくて……。そんなとき、平太を遊ばせていた義母がぼそっと呟《つぶや》いたのです、『この子は、あまり弥之助似じゃあないねえ。もう少し大きくなったら似てくるのかね』と。心の臓が凍る気がしました。頭の中が真っ白になって、身体が震えました。河内屋さんから文が届いたのは、それから間もなくです。ご隠居の祝いの席に平太を連れて来てくれと。その日、おまえさんには他の集まりがあり、一緒に行けないとわかった上での招きでした。わたしは、わざとお供を連れずにでかけました。たまたまですが、わたし付きの女中が熱を出して寝込んでいたのです。流行《はや》り風邪だったのか、他にも二人小女《こおんな》が熱のために臥《ふ》していました。そのために奥で働く者はみな忙しく、手を取りたくないので一人で大丈夫だというわたしを怪しむ者はいませんでした。もちろん、祝い品を持った小僧を一人連れては行きましたが、河内屋さんについてすぐに帰しました」

「お供がいれば、平太の世話をするのが当たり前だからな。それでは困るというわけか。全く、何という悪賢い女だ」

弥之助が吐き捨てた。

「続けてください、お常さん。あの夜、本気で平太坊ちゃんを手放すつもりだったんですか。言い訳だとか逃げだとか、余計なことを捨てて、真実を教えてくださいな」

お初が目配せをする。

「……わたしは……平太がいなくなれば楽になれるんじゃないかと、考えました。誰かの言葉に怯えなくても、自分を責めなくてもよくなるんじゃないかと……。河内屋さんの計画はお初さんの見破ったとおりです。夜中に表に出て破落戸に平太を奪われる、そんな筋書きでした。みんなが寝静まったら、平太を抱いて外に出る、それだけで全てが終わり、楽になる。そう考えて……でも、でも無理でした。平太が、平太が寝言を言ったんです。『おっかさん』て。それを聞いて、わたしは自分がどれほど愚かだったか思い知りました。この子を手放せない。はっきりわかったのです。全てを明るみに出して、離縁されたとしても、どれほど罵られたとしても、平太と二人で暮らす道を選ぶ。それしかないと」

「何を都合のいいことを言ってる。実際は、おまえは平太を吉蔵に渡したんじゃないのか」

「摂津屋さん」

お初がため息を吐《つ》いた。

「お気持ちはわかりますが、少し黙っていてもらえませんか。今はお常さんを責めるときでも、罵るときでもない。ひとまず、お終いまで話を聞こうじゃありませんか」

「聞きたくもない。耳が腐るような気がする」

「聞かなきゃならないんですよ」

お初の物言いが強く、張り詰める。弥之助は腕を組み、空の一点を睨んだ。

「お常さん、続けてくださいな」

頷く。束《つか》の間《ま》、目が合った。

この人はわたしを助けようと、支えようとしているんじゃない。ただ、真実を話せと促しているのだ。

「平太がぐずったので抱っこしてそのまま壁にもたれ、うとうとしていました。目が覚めたのは『火事だ』という声を聞いたからです。廊下に出てみると、空が僅かに赤くて火の粉も少しですが降ってきていました。半鐘や板木《ばんぎ》の音が瞬く間に大きくなって、わたしは平太を抱えて外に飛び出したのです。逃げなければと、それだけを思いました。表通りは既に逃げる人たちで騒がしくなっていて、どうすればいいのか一瞬、途方に暮れたとき、横合いから平太を奪われたのです」

「吉蔵ですね」

「そうです。吉蔵は平太を抱え、にやっと笑いました。笑った後、『待ちくたびれましたよ、お内儀さん。もう、来ないんじゃないかとやきもきしていた』。そう言いました」

お常は目を閉じる。あの夜の光景が、浮かび上がる。


「返して、駄目、返して」

必死に叫び、吉蔵にむしゃぶりついていった。しかし、腹を蹴られ、地面に転がった。すぐ傍らを人々が走り過ぎていく。

「何を今さら弱気になってんです。もう後戻りはできませんよ」

そう言い捨てて、吉蔵が背を向け駆け去る。平太は母親の腕から引き離されたときから、泣き喚いていた。

「嫌だ、嫌だ。おっかぁ、おっかーっ」

「止めて、返して。平太、平太」

たくさんの人がいた。空を見上げたり、叫んだり、走ったり、押したり押されたりしていた。誰もお常たちを一顧だにしなかった。平太の泣き声も、お常の叫びも誰にも届かない。お常は起き上がり、平太を追った。鼻緒が切れて、前に倒れた。何とか立ち上がった背中に誰かがぶつかってきた。また、横ざまに転がる。誰かに踏まれた。誰かに蹴られた。そして、誰かが助け起こしてくれた。

平太はもう、どこにもいなかった。お常の前から消えてしまった。

「摂津屋に戻ってすぐ、わたしは高い熱を出しました。三日三晩、眠っていたようなのです。熱が引き、何とか起き上がれるようになったとき、平太は火事の騒ぎに巻き込まれて行方知れずになった、まだ見つかっていないと告げられました。わたしは……わたしは、すぐに河内屋さんに逢うつもりでした。逢って、平太の居場所を聞き出すつもりでした。ふらつきながら、身支度を整えていたら、部屋に吉蔵が入ってきて全て済みましたよと言ったのです。全て済んだ……髪の毛が逆立つ気がしました。わたしは吉蔵に、平太を返せと喚きながらむしゃぶりついていきました。あの子を迎えに行く、場所を教えろとも。そしたら、そしたら……吉蔵が……『あんまり騒ぐと、坊ちゃんの命がなくなりますよ』と囁《ささや》くんです。『坊ちゃんはちゃんと生きている。けど、お内儀さんの出方一つでどうなるか、わからないですよ』って。わたしは、そのときやっと、自分がとんでもない罠《わな》にはまったことに気が付いたのです。そのまま泣き叫ぶことしかできませんでした。周りの者はみな、子を失った悲しみのあまり、わたしの気がおかしくなったと思ったようです。医者が呼ばれて、吐くほど苦い薬を飲まされて……一月以上、寝たり起きたりの日々を過ごしました」

「河内屋さんは何も言ってこなかったのですか」

「見舞いと称して、何度かやってきました。でも、わたしは逢わなかった。逢えなかったのです。平太が本当に乳母さんの所にいるのか、元気なのか、乳母さんの家は染井村のどこにあるのか、尋ねたいことは山ほどありました。でも、吉蔵の囁きに、呪文のように縛られていて何も聞けなかったのです。そのうち河内屋さんの足も遠のき、姿を見せなくなりました」

一度だけ、逢った。平太の居場所をどうしても知りたかったからだ。驚いたことに、河内屋彦衛門はかぶりを振った。乳母が知らぬ間に居所を転じていたというのだ。今、どこにいるのかわからないと、強張《こわば》った顔と口調で告げた。吉蔵が手回ししたのだろうとも。

彦衛門とはそれっきりだった。

「今に至るまで顔を合わせることもありませんでした。河内屋さんが吉蔵に渡した金は相当なものなのでしょう。表通りに店を構え直したほどですから。はい、吉蔵の許《もと》に参りました。平太の居場所を何としても聞き出さねばと……。でも、吉蔵は乳母の行先など知らない。まとめて大金を渡したから、どこぞに新しい家でも建てたのかもしれない。どうあれ、もう自分には関わりない相手だから一々、引っ越し先を報《しら》せてくるわけもない。その一点張りでした。そして、最後には『何度も言いますが、お内儀さんがどんなに騒いでも坊ちゃんは帰ってはきませんよ。手放すと決めたのはそっちなんだから、いいかげんに諦めたらどうですかね』と突き放されたのです」

本当は、もっと口汚く罵られた。

あんたが悪いんだろう。子どもを持て余して、困り果てていたのはあんたじゃないか。それを今さら、取り戻そうだって？　ふふん、些《いささ》か虫が良すぎる話だな。どんなに騒いでも、もう子どもは戻ってこないさ。まぁそれなりに生きてはいくだろう。おれは、まだ殺しちゃいねえからな。まだ殺しちゃいねえからな。その一言に血の気が引いた。ああ、もう無理だと観念した。もう、平太を捜し出すことはできない。

「吉蔵ってのは根っからの悪党だったんですね。金のためなら何でもするって輩ですよ。そういう男に付け入られてしまった。お気の毒ではありますが、自ら蒔《ま》いた種でもあります」

「……はい。付け入る余地を作ったのは、わたしです。そのために、周りの全ての人を苦しめました。義父も義母も亭主も苦しめました。赦しを乞《こ》うてはいけないほどの罪だとわかっています。でも、これほどの罪をどのように償えばいいのか、償えるものなのか見当が付きません。まるで、わからないのです」

弥之助の前に平伏《ひれふ》す。それしか、できることはない。

「それで、数年は吉蔵もおとなしくしていた。大方、河内屋さんに金をせびっていたんでしょうね。それで商いを回していた。でも、河内屋さんも、そうそう金を出し続けるわけにはいかない。それに、吉蔵自身だって悪行の一端、いえ、ほとんどを担っていたのです。いわば、脛《すね》に大きな疵《きず》を持つ身。一蓮托生《いちれんたくしょう》ってやつですよ。一角《ひとかど》の商人である河内屋さんが、いつまでも言い成りになって金を出すはずがない。どこかで頑と拒まれたのでしょう。そこで、お常さんを強請《ゆす》ることを思いついた。ですね？」

「そうです。どうしておわかりになりました？」

まるで、その場にいたかのようにお初が事実を語る。慣れてしまって驚きはしないが、不思議ではある。

「あたしが調べた限り、吉蔵の商売は一旦《いったん》は持ち直したものの徐々に傾き始めて、どうしようもないところまで来ていたようです。商人としての才覚に欠けていたのでしょう。そこで、吉蔵は地道に働いて店を守るより、手っ取り早く金を摑む道を選んだ。強請《ゆすり》という甘い味を覚えてしまったんですね。河内屋さん、ずい分と絞り取られたんじゃないですか。吉蔵のような性根の男が一旦、味を占めると厄介ですよ。でも、お常さんは断った？」

「はい。初めは、事の真相をばらしてもいいのかと脅してきたり、平太の居場所を捜してやるから金を出せと言ってきたりしました」

「応じなかったのですね」

　お初が念を押すように、ゆっくりと問うてきた。

「応じませんでした。わたしが動かせるお金なんて、たかが知れています。たとえ大金を動かせたとしても渡す気はありませんでした。わたしは愚か者ですが、さすがにこれ以上、吉蔵のいいように振り回されてはならないと、それくらいは頭が働きましたから。吉蔵は何度か訪ねてきて凄《すご》んでみたり、言い包《くる》めようとしてみたり。でも、金は一文も渡していません。吉蔵はかなり焦ったらしく、おそらく、ちょっと脅せばわたしなど意のままになると軽んじていたのでしょう。仕舞には、全てを世間にばらすとまで脅してきたのです。わたしは、それでもいいと答えました。そのときは、わたしは亭主を、おまえは元主を裏切った罪で死罪になろうと言ってやりました。脅しに脅しで応《こた》えたわけではありません。本気でした。死んで償えるものではありませんが……」

お初がふっと笑んだ。

「しょせん、小悪党。お常さんの気迫に怖《お》じて逃げ出したわけだ」

笑みを消し、真顔で続ける。

「その気迫をもう少し早く振り絞っていれば、ここまで追い詰められていなかったかもしれませんね。あ、でも、かもしれない話を幾らしても何も変わりません。人の力で来し方は変えられませんからね」

行く末は、これから先は変えられる。

お初さんはそう言っているのだろうか。

「お常さんはずっと昔を、過ぎた日々を振り返ってばかりだったでしょう。眼差しを前に向けたことがおありでしたか」

お常の心内の呟きを捉《とら》えたかのような台詞だ。

「でも、人ってのは、後ろをちゃんと片付けないと前を向けない生き物のようですからね。もう少し、昔に拘《こだわ》ってみましょうか。逃げ出した吉蔵が舞い戻ってきたのは、あのときですね。浅草《せんそう》寺《じ》で拾ったという迷子札を持ってきたとき」

「そうです。吉蔵が迷子札を持っているのは不思議でも何でもありませんでした。火事の夜、部屋を飛び出す前に、わたしが平太の首に掛けたのですから。ただ、吉蔵が何を企《たくら》んでいるのか、平太が見つかるかもしれないなんて望みをちらつかせて、何になるのかわかりませんでした。もしかしたら、わたしを揺さぶって、金子を脅し取ろうとしているのかとも考えましたが……」

「そうではなかった」

「違いました。吉蔵が金子を求めてくることは一度もありませんでした」

「そのくせ、摂津屋さんの留守を狙《ねら》って上がり込むようになった」

「はい。その通りです」

弥之助の横顔をちらりと見やる。何の表情も読み取れなかった。

十三

自分の一言一言が苦くて、痛くて、口中が血塗《ちまみ》れになる気がした。それでも、話を続ける。ここで黙り込むわけにはいかない。

「この人は、吉蔵の持ってきた迷子札に飛びつきました。えにし屋さんの名を出したのも吉蔵です。縁がある者を結び付けてくれる。平太との親子の縁が切れていないなら捜し出してくれるかもしれないと。この人も噂は前々から聞いていたようで、すぐにも行ってみよう、本当に見つかるかもしれないとまで言い出しました。驚きました。いつもは平静で、落ち着いているこの人が、こんなに昂《たかぶ》って、僅かな望みに縋ろうとする。わたしは、どうしていいかわからなくなりました。そのころから、この人の留守を狙《ねら》って、吉蔵がやってくるようになったのです。昔の奉公先にぶらりと立ち寄ったという風を装いながら……」

「ええ、そんな風でしたね。向かいの蕎麦《そば》屋から一度だけ、目にしました。実際は、その前から何度も訪れていたのですね。それは、お常さんを脅すために来ていたのですか」

「それが、よくわかりません。さっきも言いましたように、金子を求めはしなかったのです。四《し》半刻《はんとき》、上がり込んで話をして帰っていく、それだけなのです。でも、話の中身が……全て平太にまつわるものでした。火事の夜、ずっと泣き続けていたとか、浅草寺で迷子札を落とした子は本当に平太かもしれない。どことなく昔の面影があったとか、預けた乳母というのがきつそうな女だったとか、ご主人は本気で平太を捜すつもりだとか、言葉で苛《さいな》まれていると感じました。でも、帰れと叫ぶことはできませんでした。昔の奉公人を迎え入れているお内儀の役を演じるしかなかった……」

お初が居住まいを正した。背筋がまっすぐに伸びている。

「お常さん、つかぬことを伺いますが、浅草寺の境内で吉蔵と逢ったことがありますか。えにし屋に二度目にお出《い》でになった暫《しば》く後のころです」

記憶をまさぐるまでもない。ありましたとお常は答えた。

「逢ったというより、声を掛けられたのです。浅草寺近くの瀬戸物屋に用事があって、それを済ませて帰る途中、吉蔵に呼び止められました。話したいことがあるので、少し、歩きませんかと言われました。たまたまではないと思います。吉蔵は、わたしをつけていたんです。ぞっとしました。でも、抗えませんでした。吉蔵はえにし屋さんについてあれこれしゃべりました。人の縁を取り持つことを生業《なりわい》とする奇妙な店だとか、評判は聞いたことがあるが、本当に平太を見つけてくるかもしれないとか。振り払って逃げようとも思いましたが、平太を見つけてくるという一言に気持ちが揺れました。本当に、えにし屋さんが平太を連れ戻してくれたのなら、もう、何もいらない。平太と二人で生きていきたい。そう思いました。あまりに身勝手だとわかっています。万が一、逢えたとしても平太がわたしを母親と認めてくれるはずがないのです。子を捨てた母を……」

頰を熱い雫《しずく》が伝った。涙だと気が付くのに少しの間がいった。

泣いている。涙を零《こぼ》している。いったい、いつ以来だろう。

思い出せなかった。身を震わせたことも、息を詰めたことも、心が乱れ叫びそうになったことも、実際叫んだことも数多《あまた》あったけれど、こんな風に静かに泣いた覚えはない。心底から笑い、涙を熱いと感じる。もう何年も絶えてなかった。

「吉蔵とは浅草寺を出てから、どれくらい一緒にいたのですか」

お初が珍しく急《せ》いた口調で、問うてくる。

「すぐに別れました。吉蔵が急に肩に手を回してきて、引き寄せようとしたのです。押し返して、頰を力いっぱい打《ぶ》ってやりました。それから夢中で走って逃げました」

そんなことがあったにもかかわらず、吉蔵は何食わぬ風で今まで通り摂津屋に顔を出していたのだ。どこまでも図太く、強《したた》かな男だった。もうこの世の者でないとは、いまだに信じられない。

「まだ、日の明るいうちですね」

「はい、夕暮れの手前ぐらいでした。まだ、十分に明るかったですよ」

「そうですか……では、やはり」

お初が呟く。

「え？　お初さん、何と？」

身を乗り出したお常を、お初が真正面から見据える。その眼《め》をゆっくりと弥之助に移す。

「ここからは、あたしの話を聞いてくださいな。誰が吉蔵を殺したのか。おみきさんを殺したのか。そういう話です」

驚いて声が出ない。息さえするのを忘れていた。

「おみきさんというのは？」

弥之助が首を傾《かし》げる。

「浅草寺で物乞いをしていた女です。時々、えにし屋の仕事を手伝ってもらっていました。おみきさんは浅草寺でお常さんと吉蔵を見つけ、後をつけたんです。でも、そのとき、おみきさんは吉蔵の顔を知らなかったはず。どうして？　何を見て後を追う気になったのか不思議でした。でも、火箸《ひばし》のおかげで気が付いたんです」

「火箸？　どうしてここで火箸が」

今度はお常が首を傾けた。

「いえね。火鉢の中で灰に突き刺していた火箸の一本が倒れたんですよ。そしたら、後ろにあった火箸が露《あらわ》になった。当たり前ではあるんですが、ふっと閃《ひらめ》いたんです。おみきさんは吉蔵ではなく一緒にいた女の顔を見たんじゃないかって。おみきさんには摂津屋さんの件で動いてもらっていました。摂津屋さんとお常さんが、えにし屋から帰る姿を目にしてもいます。つまり、お常さんの顔はわかっていたんです。摂津屋のお内儀さんが男と歩いている。しかも、その男はこの子を、信太を酷く痛めつけたことがありましてね。ええ、こんな小さな子を容赦なく蹴飛ばしたんです」

「まあ」

思わず部屋の隅に目をやった。信太は小さな身体をさらに縮め、唇をきつく結んでいる。

何て酷い。でも、吉蔵ならやりかねない。

胸の内で呟く。さすがに、声に出して死者を詰るのは憚られた。

「まだ、こんなに小さいのに痛かったでしょう」

代わりに、憐憫《れんびん》の言葉を口にしていた。信太が顔を上げる。

「おいら、痛くなんかなかった」

思いの外、強い口調だった。お常の憐《あわ》れみを拒む強さがあった。

「痛くなんかなかったんだ。ちっとも痛くなんか……」

「嘘つけ」

太郎丸という名の少年が、信太の背を叩《たた》いた。

「打たれたり蹴られたりして痛くない者がいるもんか。誰だって、痛いさ」

「う……少しは痛かった。けど、おみきさんに比べたら……比べたら、全然、痛くない」

信太はこぶしで目の上を押さえつけた。お常は改めて、お初を見やる。

「お初さん、さっき、おみきさんという人が殺されたと仰いましたよね。あの、それって」

「ええ、そうです。おみきさんはお内儀さんたちをつけていきました。そのまま、居場所がわからなくなって……翌朝、小さな神社の境内で見つかったんです。刺し殺されていました」

口を押さえていた。

「それは……それは、吉蔵が……」

「はっきりとはわかりません。ただ、お常さんと吉蔵が別れた後、おみきさんは吉蔵の方をつけたのでしょう。あたしでもそうします。お常さんは摂津屋のお内儀だとわかっているけれど、吉蔵はまだ正体を摑めていなかったのですからね。そして、殺された」

「知りませんでした。人が亡くなっていたなんて……」

平太捜しの裏側で、人一人が命を絶たれた。その事実を今の今まで知らなかった。

「ここはお江戸です。物乞いの女が殺されようが、野垂れ死のうが気に掛ける者などほとんどおりませんよ。でもね」

お初が衿に沿って指を滑らせる。胸元に出来ていた僅かな皺が、帯の下に綺麗に消えた。

「あたしたちにとっては、おみきさんは〝おみきさん〟というたった一人の人でした。とりわけ、信太にとっては掛け替えのない相手だったんです。お常さんにとっての平太坊ちゃんと同じようにね。殺されてそのままってわけには、いかないですよ」

「仇《かたき》を討つと仰るのですか」

「下手人を引きずり出します。どういう手を使ってもね」

そこで、お初は長い息を吐いた。寸の間だが、苦しげな表情が浮かんだと、お常には見えた。気のせいかもしれない。瞬《まばた》きして見直したとき、お初は落ち着いた、崩れも歪みもない面持ちになっていた。

「ですからね、摂津屋さん、教えていただけませんか」

お初の、女にしては低く、しかし艶のある声が弥之助に向けられた。

「おみきさんを殺したのは、吉蔵ですか。それとも、あなたですか」

息が詰まった。同時に、耳の奥で金物を擦《こす》り合わせたような甲高い音が鳴る。

耳鳴り。手で耳を押さえ、お常は弥之助を見上げた。腰を浮かせ、目を見開いている。

「藪《やぶ》から棒に何を言い出すのです。おみき？　そんな女、知りませんよ。知りもしない女を殺すの、殺さないのって馬鹿馬鹿しい。戯言もほどほどにしてもらいたい」

「戯言を口にしたつもりは毛頭ありません。摂津屋さん、とりあえず腰を落ち着けてくださいな。そして、あたしの話を聞いてくださいませんか」

物言いは丁寧だったが、有無を言わさぬ力がこもっていた。

弥之助が苦々しい顔つきのまま、座り直す。

「平太坊ちゃんの一件について、あれこれ調べていくうちに、どうにも腑《ふ》に落ちない点が幾つか出てきました。一番、引っ掛かったのはお常さんがなぜ、あの日に河内屋さんに出向けたかってことなんです」

「それは、お話しした通りご隠居の祝いの席を利用して、平太を……」

お初がかぶりを振り、お常の口を止めた。

「あたしはね、お常さん、なぜ出向いたのかではなく、なぜ出向けたのかと言ったんですよ。むろん、摂津屋さんが承諾したからですよね。でも、よく考えてごらんなさい。摂津屋さんと河内屋さんとは遠縁の間柄です。そして格は摂津屋さんの方がかなり上。摂津屋の先々代の法要に河内屋さんが覗くことはあっても、河内屋さんの身内の祝いに、お内儀さんがわざわざ出向いたりはしませんよね。まして、跡取りの一人息子を連れて、です。ご隠居が摂津屋さんとお常さんの仲を取り持ったとしても、せいぜい、筆頭番頭あたりを名代に立てて祝いを渡せば済むこと。むしろ、それが当たり前でしょう。摂津屋さんがなぜ、そうしなかったのか、ずっと引っ掛かっていたんです」

「ですから、それは、わたしがこの人を上手く説き伏せて……」

口の中が乾いていく。罅《ひび》割れて粉々になりそうな舌をお常は何とか動かしていた。

お初が微《かす》かに笑う。

「摂津屋弥之助ほどの商人を舌先三寸で丸め込む自信が、ありましたか」

軽いめまいを覚え、眼を閉じる。

自信など欠片《かけら》もなかった。そして、心のどこかに弥之助が渋ったら、おまえがわざわざ行かずともいいと止めてくれたらと、そんな姑《こ》息《そく》で卑怯《ひきょう》な思案が蠢《うごめ》いていた。しかし、「おれの代わりに、おまえと平太で役を果たしてくれるなら助かる。おれたちもご隠居の長寿と元気にあやかれるように、しっかり祝ってあげてくれ」。そう告げられた。

説き伏せるも丸め込むもない。弥之助はあっさり諾《うべな》ったのだ。

「それに、なぜ、あの日に祝いをしたのか、そこも気になりました。暦注を見ても決して祝いごとに向いている日じゃないんです。河内屋さんとご隠居の仲は、かなり悪かったようですし、わざわざ摂津屋さんを呼んでまで祝いの席を設けるのかと、それにも首を捻《ひね》りました。河内屋さんの言った破落戸云々もおかしいですしね。一つ一つは細かなことですが、幾つもの引っ掛かりが出てきて、それらの答えとしては唯《ただ》一つしか、あたしは思い浮かばなかったんですよ。あの夜の祝いの席は仕組まれたものだとね」

お常は顔を上げる。乾いた舌を何とか動かす。

「……そうです。仕組まれておりました。申し上げました通り、平太を行方知れずにするために……わたしたちが仕組んだのですから」

「違いますよ」

お初がかぶりを振る。眼差しは、お常ではなく弥之助に向いていた。

「仕組まれた罠の獲物は平太坊ちゃんではなく、お常さんです」

「は?」

「あの日、お常さんは、摂津屋さんの名代で出掛けました。摂津屋さんは大切な寄り合いに出なければならなかったからです。その寄り合いは、ずい分と前から決まっていたのでしょう。ご隠居の祝いと寄り合いがぶつかる。たまたまと言い切れますかね。あの日だったからこそ、お常さんに名代を任せる理由ができた。お常さんに不審を抱かせることなく、佐賀町に行かせることができた。もっとも、お常さんにすれば、気持ちがいっぱいいっぱいでご亭主を疑う余裕なんてなかったようですが」

弥之助がため息を吐く。馬鹿馬鹿しいと呟く。

「馬鹿馬鹿しい？　そうですかね。お常さんの話を聞いているうちに、あたしの中で切れて、宙ぶらりんになっていた紐《ひも》がきっちり繋《つな》がりましたよ。まずは、吉蔵です。吉蔵がどうして急に関わり合ってきたのか不思議でしてねえ。河内屋さんとお常さんの仲をどこで察したのか……。ええ、吉蔵が河内屋さんとお常さんを強請っていたのは気が付いていました。吉蔵が殺された後、飯田町《いいだまち》の店に行きましてね、これを拝借してきました」

お初が胸元から一冊の帳面を取り出し、膝の前に置いた。

「主が亡くなったのをいいことに、内緒で借りてきました。こそ泥の真似をしたわけで、ふふ、褒められた行いじゃないですよね」

肩を竦め、舌を覗かせる。悪戯《いたずら》を見つかった子どもみたいな仕草だ。

﨟《ろう》たけた女のようでも、屈託のない娘のようでも、世故に通じ、どこか疲れを滲《にじ》ませた大年増《おおどしま》のようでもあるのに、どれでもない。誰でもない。

この人が一番、不思議だ。

お常はふっと思い、この期に及んでそんな思いを浮かべる自分に狼狽《ろうばい》する。

「それは、金銭の出し入れを記した帳面のようです。大雑把で、とても商家の台帳とは思えませんがね。それを見ても、吉蔵には本気で店を立て直す気などなかったとわかります。手に取ってみてくださいな」

お常は帳面を広げ、ざっと目を通した。

お初の言う通りだ。商家の娘として生まれ育ち、商家に嫁いだお常にすれば、あまりに杜撰《ずさん》過ぎて台帳とも呼べない代物だった。ただ……。

「このお金は？」

「はい、何か月かに一度、まとまった金子が入っているでしょう。五両、十両のときもありますが二、三十両、ときには切餅《きりもち》二つ、つまり五十両のときもあります。むろん、売り上げではありません。少なくとも一年、いえもっと前から、吉蔵の商いはほとんど止まっていたはずですから」

「では、これが……」

「吉蔵が強請った金だと思いますよ。五両、十両あたりは河内屋さんから引き出したものじゃないでしょうか。初めに記されている五十両もね。平太坊ちゃんの件で吉蔵が果たした役割は大きかった。その取り分でしょう。そして、その後も河内屋さんから五両、十両を強請り取っていた。でも、暫くの間は記載がないでしょう。おそらく、河内屋さんが拒んだのでしょうよ。もう無理だったんじゃないですか。河内屋さんの商いも順調とは言えないようでしたから、このままだと店が潰れる、いつまでも金を渡し続けるわけにはいかない、世間にばらすならばらしてみろと開き直った。河内屋さんとすれば追い込まれて開き直るより他《ほか》はなかったのです。けど、開き直られると、吉蔵としても引き下がるしかなかった。河内屋さんは絞り切った手拭いと同じ、もう一滴の水も出ないと踏んだのかもしれませんが、河内屋さんの気迫に押されたってのもあるでしょう。お常さんのときと同じです。しょせん、肝の小さな小悪党ですよ。でも、そんな小悪党がずい分と大胆な悪事をやったと思いませんか。言うなれば、人さらい、勾引《かどわかし》の罪を犯したわけですからね。大罪ではないですか。そんな大それた真似ができる男だとは、どうにも考えられません。そこで、話を少し戻してみますよ。そもそも、この件に吉蔵が首を突っ込んできたのはなぜか。どこで、お常さんと河内屋さんの秘密を知ったか、です」

台帳を閉じ、お常は顎を心持ち上げた。

「それは申し上げましたでしょう。法要の日に、わたしたちの話を立ち聞きしていたんです」

「どこで、です」

「ですから、摂津屋の裏口近くです」

「どうして、そんなところに吉蔵はいたんでしょうか」

「え？　あ、それは、当時、吉蔵は一人立ちしたばかりでいろいろと相談事もあったのでしょう、よく出入りしておりましたから……」

「たまたま、裏口にいてお二人の話を聞いてしまったと？」

ではないのか。〝たまたま〟というのは都合が良すぎる言葉だと承知はしているが、たまたまとしか考えられないではないか。お常には他の理由が思いつかなかった。

「この前、摂津屋さんにお邪魔したとき、案内を請うまえに、あたし、周りを歩いてみたんですよ。どんな様子になっているのかできる限り、知りたくてね。それで、大きな声では言えませんが、裏木戸からちょいと中に入らせてもらいました。押したら、難なく開いたものですから。ふふ、あのときも、こそ泥紛《まが》いの真似をしたわけです。まっ、お叱《しか》りは後で受けるとして、裏口って台所の裏側になっていて、柿《かき》の木が一本生えていますよね。戸が開いていたのは、物売りが出入りするからでしょうか」

「ええ……まぁそうです。路地を通った物売りを呼び込むこともありますし、馴染《なじ》みが菜物や卵を届けに来ることもあります。ですから、昼間はたいてい開けているんです」

「おかげで、じっくり様子を見ることができましたよ。でね、吉蔵はどうして、あんなところにいたんですかね。摂津屋さんに相談するにしても、店の者と話をするにしても表の店ならわかりますが、裏口あたりをうろつく用はないでしょう」

「あ、でも……」

唾を呑み込む。耳鳴りは微かではあるが、まだ残っている。

「でも、あの、だとしたら……たまたまでなかったら、どうして吉蔵はわたしたちの話を知ったのですか。盗み聞きしていたとしか考えられないのですが」

「盗み聞きはしていたでしょうよ。陰に隠れてね。おそらく、お常さんと河内屋さんを見張っていたのです。お二人に気取られぬように後を付けて、秘密話をしっかりと聞き取った」

口が開いてしまう。心の臓が立てる音が大きく、速くなった。

「それにね、さっき摂津屋さんは、お母さまが河内屋さんとお常さんが話し込んでいるのを見たと仰いましたが、それもおかしな話なんです。母屋からでは庭蔵が邪魔になって裏口あたりなんて見えないはずですからね。台所の窓からも見えません。二人を見たというなら、勝手口の外にいたか、庭蔵の横を通って柿の木の近くに立っていたかなんですよ。でも、それならお常さんも河内屋さんも、すぐに気が付くはず。つまり、摂津屋さんは嘘を言ったってわけになります」

弥之助が組んでいた腕を解き、膝に乗せた。

「嘘ではなく勘違いだ。おふくろの言葉を聞き違えたのかもしれない」

お初の眉が寄る。微かな吐息が唇から漏れた。

「摂津屋さん、どうしても白を切り通すおつもりですか。吉蔵を意のままに操ってお常さんたちを見張り、話を盗み聞きさせ、勾引までさせる。そんな芸当ができるのは、どう思案しても、摂津屋さんしかいないんですよ。吉蔵に纏《まと》まった金を渡せるだけの財力があるのも、そうです。摂津屋さんが裏で糸を引いていたとなると、全てに辻褄《つじつま》が合います」

「ほう、どういう風に合いますかな」

弥之助が薄笑いを浮かべた。

長い夫婦暮らしの間で、一度も目にしたことのない笑みだ。お常は指先を握り込む。強く握らないと震えを抑えきれない。

「お常さんと河内屋さんだけだったら、本当に平太坊ちゃんを行方知れずにできたでしょうか。ええ、計画を思い付いたのは河内屋さんかもしれません。それはそれで、大層な罪だと思いますがね。でも、頭で考えるのと実際にやることの間にはとんでもない開きがあります。吉蔵がいなければ、お二人は自分たちのやろうとしていることの罪深さに気が付いて、あるいはそこまでの悪人になりきれなくて、計画は立ち消えになったかもしれません。河内屋さんやお常さんを見ていて、その見込みは高かったと思いますよ。吉蔵が加わり、一気に企みが前に進み始めたのは明らかです。でも、吉蔵もね、さほど頭が切れる人物じゃなかったですよね。商いの回し方を見ればわかるじゃないですか。物事を深く考えたり、綿密に計を立てたりなんてできる器じゃなかったんです。金のためなら何でもする、そんな浅ましさは溢れるほど持っていたんでしょうがね。だから、頭は無理でも手足としてなら役を果たす。金のために汚れ役でも引き受ける。摂津屋さんは、吉蔵の性質を知り抜いていたんですね。だからこそ、お常さんを追い込むための道具として使ったのでしょう」

お常は息を呑み込もうとした。しかし、乾ききった口は息さえまともに吸えない。それでも、辛うじて切れ切れに声を出した。

「……わたしを、追い込む……この人が、ですか……」

「そうですよ。摂津屋さんは、お常さんと河内屋さんの仲を疑っていた。平太坊ちゃんが河内屋さんに似ていると気が付いたのでしょうか。それとも、お常さんの様子がおかしいと疑ったのでしょうか。おそらく両方なんでしょうね。摂津屋さんは疑念を確かめるために、お常さんと河内屋さんを見張らせた。先々代の法要に河内屋さんを呼んだのもそのためじゃなかったんですか。お常さんと二人きりになるよう仕向け、やりとりを盗み聞きさせた。そこで二人の不義がはっきりした」

お初が湯呑から冷めた茶を飲んだ。お常は動けない。さっき、子どもたちが持ってきてくれた水が目の前にあるのに、口も喉も渇いているのに動けない。

「摂津屋さんは、その場で二人を問い質《ただ》し、その罪を明らかにするより別のやり方を選びました。自分を裏切った者に返報しようとしたのです。吉蔵を使って平太坊ちゃんを勾引し、二人を苦しめようとした。吉蔵に迷子札の芝居をさせたのも、その流れで、えにし屋にお出でになったのも、お常さんをさらに追い込むためですね。河内屋さんからは、吉蔵を強請り役にすることで絞れるところまで絞り取った。そして、最後の仕上げに吉蔵殺しの下手人に仕立て上げた。ええ、摂津屋さんならできます。摂津屋さんにしかできないのです。吉蔵に用心させることなく、正体をなくすまで酔わせることも、河内屋さんを文《ふみ》で呼び出すのも、摂津屋さんなら容易いこと。河内屋さんが捕まってからずっと、あたしは考えていました。読み終えたら燃やすとか、夜半に人知れず吉蔵の許を訪れるとか、河内屋さんは文に書かれた通りに動いていたみたいです。それだけの文を、河内屋さんが抗えないほどの文を書ける者って誰なんだとね。さらに、勾引の件が明るみに出るのを恐れ、河内屋さんが吉蔵との関わりを打ち明けられず口をつぐむと知っている者は誰か。どう思案しても、摂津屋さんとお常さんより他にいないのです。でも、お常さんが吉蔵の家に河内屋さんを呼び出す理由がありません。とすれば、残りは一人です」

「まったくな」

弥之助が顔を歪めた。

「よくもそこまで、妄想紛いの話ができるものだ。呆《あき》れてしまう。えにし屋さん、平太が行方知れずになったのは五年前ですよ。五年もの間、わたしがずっとお常たちのやったことに気付かぬ振りをしていた。そして、裏から手を回して苛んでいたと、そう言うんですかね。はは、残念ながら、それほどの気の長さは持ち合わせておりませんな」

歪めた口元を戻し、弥之助はまた薄く笑った。

「そうですか。五年が経《た》って、最後の仕上げに入ったんじゃありませんか。吉蔵もだんだん目障りになってきたのでしょう。河内屋さんに代わって、摂津屋さんを金蔓《かねづる》にしようと考えていたんですかねえ。商いへの熱はとっくに失《う》せて、摂津屋さんから金を引き出して、楽に暮らそうなんて考えてた節がありますから。そんなやつに付きまとわれたら、たまったものじゃない。だから始末する。河内屋さんを下手人に仕立て上げれば一石二鳥。十分に怨《うら》みを晴らせる。そういう風に考えたのかと思いました」

「えにし屋さん、本当にいいかげんにしてください。わたしは、あんたに下手人呼ばわりされるためにここに来たんじゃない。もしや、平太が見つかったのではと望みを抱いて来たんだ。それなのに……。もういい、お常がわたしを裏切っていたことは、はっきりしました。ここからは夫婦でじっくり話をします。むろん、離縁して摂津屋を出て行ってもらうが、それはえにし屋さんには関わりないですからな」

「ここに来るまで、お常さんを疑ってはいなかった。平太坊ちゃんを我が子だと信じて、生きて逢いたいと願っていたと、仰るのですか」

「むろんです」

「信太」お初が少年の一人を呼ぶ。隣に座った信太の背に手を添え、お初は改めて弥之助を見据えた。

「この子が平太坊ちゃんです。あたしが、そう言ったらどうします」

お常は胸元を押さえ、目を見張った。弥之助は鼻先で嗤《わら》う。しかし、表情は強張っていた。

「今度は、どんな猿芝居が始まるんだ。全く、馬鹿馬鹿しい。えにし屋さん、もう帰らせてもらいますよ。わたしは忙しいんだ。これ以上、付き合っている暇はない」

「なぜ猿芝居だと思います。平太坊ちゃんは八歳になっています。ちょうど、この子と同じ歳《とし》です。同い年の男の子を見て、何も感じませんでしたか。ましてや、ここはえにし屋、摂津屋さん自らが子を捜してくれと縋ってきた店じゃありませんか。お常さんは」

お初が顔を向けてくる。

「お気持ちが揺れましたよね。こちらにも伝わってきました」

「はい。一瞬ですが、もしかしたらと思いました。でも、平太の面影がなかったので……」

「摂津屋さんはどうです。寸の間でも、この子を平太坊ちゃんだと思いませんでしたか」

弥之助の口元が小刻みに震え始めた。

「思わなかったようですね。お常さんのように、気持ちが揺れもしませんでしたね。いたって平静だった。摂津屋さんは、この子が平太坊ちゃんだなんて考えもしなかった。どうでもよかったのでしょう。摂津屋さんの内で平太坊ちゃんへの気持ちはとっくに冷え切っていて、いいえ、憎しみさえあったかもしれません。そんな子がどうなろうと知ったことではなかったわけです」

「うるさいっ」

弥之助が怒鳴った。勢いよく立ち上がる。

「さっきから、おとなしく聞いていれば図に乗って、何を放言しているのだ。いいかげんにしろ。おれは裏切られたのだ。病の母親を抱えて困り果てていた女を助けてやったのに、貧しさから救い上げてやったのに裏切られた。この女の方がよほど性悪だ。恩を仇《あだ》で返した。とんでもない、性悪女じゃないか」

「摂津屋さん、夫婦の間で恩を売り買いしてどうするんです。それじゃ、夫婦ではなく主従の関わりになりますよ。それとも、恩を盾に、お常さんをずっと従わせ続けるつもりだったんですか。それを望んで女房にしたんですか」

「うるさい。もういいっ。もうたくさんだ」

弥之助が怒鳴る。顔面が朱色に染まっていた。

「見た人がいるんですよ」

「なんだと」

「摂津屋さんが吉蔵を殺した夜、あの家にはもう一人、人がいたんです」

弥之助の腕がだらりと下がった。

「通いの女中さんでね、吉蔵とは男と女の仲になり、通いとは名ばかりで、ほぼ一緒に暮らしていたんだとか。あの夜も隣の小部屋にいたそうです。吉蔵から客が来て商売の話をするから、先に寝ろ、こちらに出てくるなと言われて早々に部屋で休んでいたんですよ。うとうとしていたのですが異様な物音、大きな蛇が這《は》うような音で目が覚めて、こわごわ襖《ふすま》の間から覗いてみたら、男が吉蔵を店の方に引きずっていくのが見えたのです。太郎丸」

お初が顎をしゃくると、年上の少年が身軽に立ち上がり襖をあけた。

地味な形《なり》の女が一人、座っていた。

「お安《やす》さんです。今、お話しした女中さんですよ」

女は黙って会釈を一つした。それから顔を上げ、弥之助をまじまじと見詰める。

「どうです。お安さん、間違いないですかね」

女が、お安が頷く。

「はい、間違いありません。この人です。この人が、ぐったりした旦那《だんな》さまをお店の方に引きずっていって」

「嘘だ」

弥之助が叫ぶ。

「嘘じゃないです。あたし、見ました」

「見えるわけがないだろう。部屋の行灯《あんどん》は消していて」

弥之助の喉元がぐびりと鳴った。

赤く血走った眼が、お安からお初に流れる。

「……謀《はか》ったな」

「はい、証らしきものが何もなかったものですから、お安さんにお願いして一芝居、打ってもらいました。もしかしたら摂津屋さんが吉蔵の店を訪れたことがあるかもしれないと、それならお安さんをちらりとでも目にしていたかもと考えたものですから。目にしていたんですね。だから、慌てた。摂津屋さん、もう観念してください。お仕舞ですよ」

お常は悲鳴を上げた。弥之助がお初に襲い掛かったからだ。しかし、もんどりうって床に転がったのは弥之助の方だった。したたかに腰を打ったのか、弥之助が低く呻《うめ》く。

「おまえさん」

弥之助とお初の間に割って入る。膝をつき、亭主の肩を強く抱く。

「あたしが悪いんです。あたしが、この人をここまで追い込んだんです。お初さんお願い、赦してください」

「赦す？　人が二人、殺されたんですよ。それをどう赦せと言うんです。吉蔵はともかく、おみきさんには何の非もなかった。摂津屋さん、おみきさんを殺《や》ったのはあんたですか、吉蔵ですか」

「……吉蔵だ」

弥之助は身を起こし、肩に回ったお常の手をちらりと見やった。

「神社で、吉蔵と話し込んでいたのを聞かれた。吉蔵が、河内屋を殺ってもいい。もし首尾よく事を為《な》したら、相応の金子を払ってくれと言い出して……それを断っていたところだった。別に殺しが怖くて断ったわけじゃない。先走る吉蔵が鬱陶《うっとう》しかったし、危ういとも感じていた。このまま放《ほう》っておけば、何をしでかすかわからないと思ったのだ。そこを、あの物乞いに聞かれた。吉蔵が気が付いて、逃げようとする女を捕まえた。それから、始末は任せろと言ったんだ。おれは……その通りにした」

「つまり、神社から逃げ出したってわけですね。それで、その後は……」

「二、三日の後、吉蔵がやってきて、あの女はちゃんと片付けたと告げた。『旦那さまのためですからね。物乞い女を殺るぐらいなんでもありませんよ』と笑いながら言ったんだ。それから、暗に金を求めてきた。手を汚したのだから当然だという素振りだった。あのとき、いずれ、こいつを始末しなければならないとわかったのだ。生かしておけば、どこまでも纏わりついてくると、はっきりと悟った。だから殺したんだ」

「梁《はり》からぶら下げたのは、刃を使いたくなかったからですか」

「血で汚れるのが嫌だっただけだ。血の臭《にお》いをさせて帰りたくなかった。ふふ、路地で河内屋がやってきたのと、大声を上げて表通りに飛び出していったのを見定めて裏道から逃げたという寸法さ。容易いものだった。人を殺すのなんて実際、容易いものだ」

「ばかぁっ」

突然、信太が弥之助にむしゃぶりついてきた。小さなこぶしで何度も殴ろうとする。

「馬鹿、馬鹿。おみきさんを返せ。返せ、返せ。馬鹿野郎」

泣きながらこぶしを振り回す。

「何でだよう。何で、殺したりしたんだ。何で、助けてくれなかったんだ」

馬鹿、馬鹿、何でだよう。何で、何で。

おっかさん、何でおいらを捨てたんだ。どうして、強く抱いていてくれなかったんだ。

平太。

目の前の瘦《や》せた身体を抱き締める。波打つ背中から熱と喘ぎが伝わってきた。

「ごめんね、ごめんね。どうか、赦して、堪忍して」

「うう……おみきさんを……おみきさんを返して……」

「ごめんなさい。ごめんなさい。どうかどうか……」

赦してもらえない。どんなに詫《わ》びても、赦してもらえるわけがない。でも、詫びるより他に、わたしに何ができる。

平太、平太、平太。

信太をさらに胸に抱え込む。嗚《お》咽《えつ》が胸に刺さり、涙が胸を濡《ぬ》らす。

「平太は……かわいかった」

消え入りそうな声で弥之助が呟いた。

「おれも……かわいかったんだ。だから、あの夜、もし、おまえが外に出てこなかったら……平太を渡さないと決めて、河内屋から出てこなかったら……全てを赦そうと思っていた。何も知らなかったことにして、平太とおまえと三人で暮らしてもいいと……吉蔵にも、そう命じていたのだ。約束の時刻にお常が出てこなければ、諦めて帰って来いと。しかし、しかし……おまえは出てきた。平太を抱いて……」

「でも、摂津屋さん、それは火事のせいじゃありませんか」

お初に向かって、弥之助はかぶりを振った。

「わかっている。火事に怯えて飛び出してきたとわかっている。吉蔵が平太を無理やり奪ったのもわかっている。しかし、頭ではわかっていても、心は納得しなかった。火事が起こったのさえ、お常と河内屋のせいだと決めつけて、憎しみや怨みが渦巻いていた。五年間、ずっとずっと渦巻いていた」

弥之助がふらりと腰を上げた。そのまま、足を引きずり歩き出す。

「おまえさん……」

「もういい。摂津屋は終わりだ。おまえもおれも終わりだ」

「摂津屋さん、死のうなんて甘いことを考えないでくださいよ」

お初が弥之助の背中を呼び止める。

「河内屋さんは吉蔵殺しに関しては無実です。そこを明かしてください。もういいでしょう。憎むのにも、怨むのにも疲れたんじゃありませんか。もう、いいかげん、自分を解き放って楽にしてあげたらどうです。その上で、人一人を殺した重みを背負ってくださいな」

弥之助は何も言わなかった。振り返りもしない。無言のまま、去って行った。

重い足音が遠ざかる。

「おばちゃん……」

腕の中で、信太が身動ぎする。

「もうちょっと、もうちょっとだけ……このままでいさせて。お願い」

子どもの温《ぬく》もりに縋る。

「いいよ」

信太は両手をお常の背に回した。

「おいらが守ってあげる」

おっかさん、おいらが守ってあげる。

眼球を押し上げて、涙がほとばしる。

獣の咆哮に似た泣き声が響く。お常は信太とともに横に倒れ、泣き続けた。細い小さな二本の手は、それでもお常を放さなかった。


河内屋彦衛門が放免されたと聞いた。

弥之助が自訴して、吉蔵殺しを認めたのだから放免されるのは当然だろう。

吉蔵に金を無心され、口げんかの果てにかっとなって殺した。それから彦衛門を贋《にせ》の文で誘い出し、下手人に仕立て上げようとした。

弥之助はそう白状したらしい。

河内屋は既に潰れていた。これから、彦衛門がどう生きて行くか、お常には見通せない。自分が生きていていいのかさえ、わからない。

弥之助が下手人として首を落とされるなら、自分も同じ罰を受けるべきだとは思う。ただ、まだ死ねない。摂津屋の後始末だけはきちんと済まさねばならないのだ。商いをできる限りきれいに畳み、奉公人たちが路頭に迷わぬよう、まとまった金子と次の仕事を手渡す。

それが、お内儀としての最後の務めだ。

雨戸を締め切り、薄暗い帳場でお常は奥歯を何度も嚙み締めた。

えにし屋のお初と信太が訪れたのは、大半の奉公人の身の振り方が決まったころだった。

「おばちゃん、元気だった」

信太が駆け寄ってくる。

「うん、ありがとう。そうね……」

「頰がこけてますよ。お世辞にも元気って顔じゃないですね」

お初が顔を覗き込んで、眉を寄せた。

「はい。後始末に追われていて……でも、忙しい方が助かります。気が紛れますから」

「一段落したら、どうするおつもりです」

「わかりません。ただ、弥之助がどうなるのか見届けたいとは思います」

「そうですか。摂津屋さんにどんなお裁きが下るかはわかりませんが……吉蔵は他でもちょっとした強請り集《たか》りをやっていたようですし、女に狼藉《ろうぜき》を働いたことも二度や三度じゃなかったようで、もしかしたら温情で死罪ではなく遠島を言い渡されるかもしれないと、うちの主は言うておりましたがね」

「遠島？　本当ですか。打ち首にはならないのでしょうか」

思わず、腰が浮いていた。

「まだお裁きが出たわけではないので、はっきりとは言えません。でも、えにし屋の主は奉行所内にもそこそこ繋がっておりましてね、わりに違《たが》えないのですよ」

遠島。それも厳しい刑だ。終身刑であり、生きて帰って来られる見込みはほぼない。それでも、ご赦免願を出し、恩赦を待つ。何度でも出し、待ち続ける。

「お常さん、これを」

お初が畳んだ紙を差し出す。

「え？　これは」

「平太坊ちゃんの所書きと地図です」

「は……」

声が出なかった。

「河内屋さんの乳母という方は既に亡くなっていましたが、娘さんがやはり染井村に住んでいました。平太坊ちゃん、そこに預けられていたんです。あたしが直《じか》に確かめましたから、間違いはありません。しっかりした方で、我が子と分け隔てなく育てておいでしたよ。でも、おまえは他所の子で、いつか、本当のおっかさんが迎えに来るかもしれないとは伝えてあるとも言ってましたね」

指が震える。

「お初さん、平太を捜して……捜してくださった……」

声が掠れて、上手く出てこない。

「平太坊ちゃんがお常さんを受け入れてくれるかどうか、わかりませんよ。五年も離れていたのですから、忘れ去っているかもしれません。覚悟はできていますか」

「……逢いたいです。平太に逢いたい」

「では、お行きなさい。村の西外れの杉林を背に建っている家です。すぐにわかります」

「お初さん、ありがとうございます。本当に、ありがとう……ございます」

地図と所書きを抱き締める。

「よく、よく、捜し出してくださいました。よく……見つけて……」

「手前どもは、えにし屋です」

お初が艶《あで》やかな笑みを浮かべた。

「一度、引き受けた仕事を途中で放り出したりは、決していたしません」


摂津屋からの帰り道、信太は少し俯きかげんに歩いていた。

「どうした？　やけにしょぼくれているじゃないか」

初はわざとからかってみたけれど、信太の胸の内は察せられる。

お常は平太の母親であって、信太の母親ではない。おそらく、この先も母と呼べる人は現れない。信太は痛いほど感じているはずだ。

初は冬の空を見上げた。

佐賀町の火事の火元は小料理屋だった。子ども二人と主夫婦は焼け死んだが、一番下の子だけは行方知れずだという。二歳か三歳ぐらいの男の子だったそうだ。

もしかしたら……。

息を吸い、吐き出す。

もしかしたらだ。そこから先には進めない。進めないところで、足掻《あが》いてもしかたない。

そうさ、進めなくちゃならないことが山ほどあるんだぜ。初、そっちが一段落したなら、つぎはこっちだ。御蔵屋《みくらや》の娘の件、助けてもらうぜ。

才蔵《さいぞう》の声がはっきりと聞こえる。苦笑いしていた。

「お初さん、何がおかしいの」

「うん？　いや、何でもないさ、それより信太、蕎麦でも食べて帰るかい」

「蕎麦！　やったぁ、食べる、食べる。あの角の店だね」

信太が走り出す。初はもう一度、空を仰いだ。

冬鳥の群れが、鳴き交わしながら北へと渡っていた。


お初の言う通りだった。

杉林を背にした家は、すぐにわかった。地図が確かだったのだ。

藁《わら》ぶきの大きな家だった。植木屋を生業としているようで、家の周りは苗木の畑になっている。

その畑で女が一人、鍬《くわ》を使っていた。後ろには、数人の子どもたちが小さな苗を植えている。

お常は道を踏み締めるように歩いた。

女が顔を上げ、お常に気付いた。

お初から聞いているのだろう。不審がる様子は僅かもなかった。
女は被《かぶ》っていた手拭いを取り、後ろを向いた。何か声を掛ける。
子どもたちの中から一人の少年が立ち上がった。小さな苗木を持っている。
お常は手にしていた荷物を投げ捨て、その子に向かって駆け出す。
雲が割れて、冬の光が地に降りてきた。

初出　月刊「ランティエ」二〇二二年三月号〜二〇二三年三月号

著者略歴

あさのあつこ
1954年、岡山県生まれ。青山学院大学文学部卒業。91年『ほたる館物語』でデビュー。96年に発表した『バッテリー』およびその続編で野間児童文芸賞、日本児童文学者協会賞、小学館児童出版文化賞、2011年『たまゆら』で島清恋愛文学賞を受賞。「燦」「弥勒」「おいち不思議がたり」「闇医者おゑん秘録帖」「えにし屋春秋」シリーズなど、時代小説の著書も多数。

Kadokawa Haruki Corporation

あさのあつこ

光《ひかり》のしるべ
えにし屋《や》春秋《しゅんじゅう》

*

2023年6月18日第一刷発行

発行者 角川春樹
発行所 株式会社 角川春樹事務所
〒102-0074 東京都千代田区九段南2-1-30 イタリア文化会館ビル
電話03-3263-5881(営業) 03-3263-5247(編集)
印刷・製本 中央精版印刷株式会社

ISBN978-4-7584-1443-2 C0093
http://www.kadokawaharuki.co.jp/